La Neige venait de l'Ouest

NOTE DE L'AUTEUR :

La Neige venait de l'Ouest est la première enquête d'une série aux personnages récurrents.

Parue initialement en mai 2000, cette réédition permettra à tous mes lecteurs, que je remercie bien vivement de leur fidélité et de leur soutien à notre action Alzheimer, de compléter leur série…

FIRMIN LE BOURHIS

La Neige venait de l'Ouest

ÉDITIONS DU PALÉMON
ZA de Troyalac'h - 10 rue André Michelin - 29 170 St-Évarzec

DU MÊME AUTEUR

Aux Éditions Chiron

Quel jour sommes-nous ? La maladie d'Alzheimer jour après jour
avril 2008

Rendez-vous à Pristina - récit de l'intervention humanitaire
novembre 2001

Aux Éditions du Palémon

n°1 - La Neige venait de l'Ouest
n°23 - Sans Broderie ni Dentelle

Le blog de l'auteur :

www.firminlebourhis.fr

La totalité des droits d'auteur
des titres de Firmin Le Bourhis est versée à hauteur de :
50 % à l'Association Action Alzheimer
50 % à l'Association
pour la Lutte contre la Sclérose en Plaques
et autres maladies auto-immunes.

L'auteur s'empare, comme habituellement, d'une véritable affaire criminelle et, au terme d'une étude approfondie des faits et avec l'aide d'officiers de police judiciaire, en donne une version romancée aussi proche que possible de la réalité…

Un fait réel qu'il transpose dans d'autres lieux pour y bâtir une enquête qu'il livre à votre perspicace lecture…

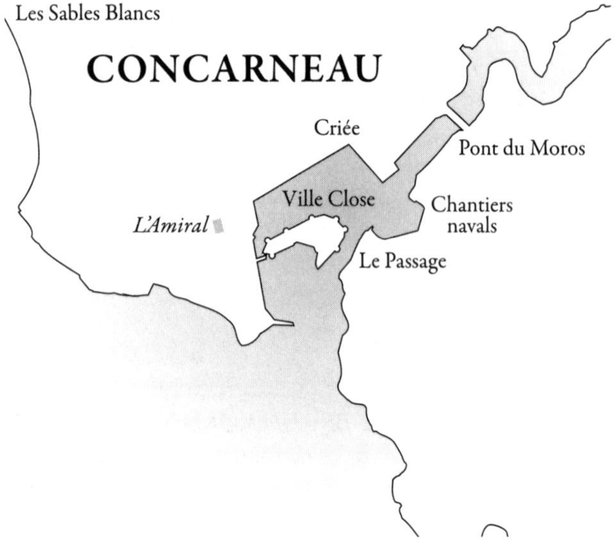
Les Sables Blancs
CONCARNEAU
Criée
Pont du Moros
Ville Close
Chantiers
navals
L'Amiral
Le Passage

À Paulette

pour toute la peine qu'elle se donne…

La force d'une mère, pour l'amour de sa fille…

Nul ne peut apprendre à l'autre à se libérer
S'il n'a pas commencé par se libérer lui-même.

Marlano PICON SALAS

I. NATHALIE, JO ET PHIL

Paris, le 22 mars…

Son cœur battait très fort à l'approche du bâtiment de la Brigade des stups. Malgré un pas sûr et décidé, elle avait soudain comme un pressentiment - intuition féminine sans doute - qu'en franchissant cette porte, elle se lançait dans une aventure dont elle craignait d'ores et déjà de perdre rapidement le contrôle. Et pour quelle issue ? Elle était néanmoins persuadée qu'elle allait réaliser ce qu'elle avait tant souhaité et redouté à la fois.

Mais il n'était plus temps d'y penser ni de reculer, ce n'était pas son genre… C'était le moment de se jeter, comme du haut d'un pont, les pieds liés par un élastique. Sera-t-il assez solide ? Dieu seul le sait.

Dieu, la religion… Lui restait-il encore quelque chose de cette éducation, malgré les doutes ?

Elle marqua un petit arrêt devant l'entrée de l'immeuble, avant de s'y engouffrer d'un pas résolu.

Quelques mots avec le planton de service lui permirent de franchir les couloirs et gravir les escaliers pour arriver à destination. Elle croisa tout au long de son parcours des agents de la fonction publique qui allaient et venaient, indifférents à sa présence. Chacun semblait affairé et pris par ses occupations.

Les noms sur les portes des bureaux défilaient à mesure qu'elle avançait. Elle s'arrêta enfin devant le bureau du Chef de la Brigade, le commissaire Jean-Marc Chatard.

Elle frappa, attendit… Pas de réponse. Frappa à nouveau et tendit l'oreille au plus près de la porte. Un silence absolu semblait régner de l'autre côté. Elle décida d'ouvrir délicatement, glissa la tête dans l'entrebâillement… rien… bureau vide. Elle referma la porte, réfléchit et interpella un homme qui lui indiqua que le commissaire était en salle de réunion, tout à côté, qu'il ne devrait plus en avoir pour bien longtemps et qu'elle pouvait s'asseoir sur une des chaises du couloir en attendant.

La tête appuyée contre la cloison, ses yeux fixaient le plafond. Le visage légèrement tendu, faiblement maquillée, elle était simplement et naturellement belle, brune, cheveux mi-longs. Pourtant, une profonde tristesse semblait l'habiter, comme un paradoxe, au regard de son apparence.

Des rumeurs étaient parfaitement perceptibles de la pièce située à quelques mètres. Un petit panneau sur la porte indiquait clairement « Salle de conférences ».

La porte s'ouvrit brutalement. Un homme visiblement pressé, muni de son bloc-notes, sortit et se dirigea vers l'escalier au fond du couloir, sans prêter attention à quiconque ni même prendre la peine de refermer la porte.

Sans avoir à tendre l'oreille, elle entendit par l'entrebâillement la voix d'un homme qui devait s'adresser à un groupe :

— Les discussions dans le vide entre nous ne servent à rien, cela fait des semaines et des semaines, pour ne pas dire des mois, que nous piétinons. La situation est vraiment devenue trop grave et intolérable. Nous n'avons encore jamais vu un déferlement pareil. Jusqu'à faire chuter les cours de cette saloperie sur le marché. Je veux voir tout le monde sur le terrain, il faut fouiller, fouiller, fouiller encore… Travaillez vos indics, démerdez-vous comme vous voulez mais je veux des tuyaux, du concret et vite !

Suivirent quelques secondes d'un silence religieux. Rien ne laissait supposer le nombre de personnes présentes dans la pièce.

— Vous devez me coincer ces enfants de salauds coûte que coûte. Dorénavant, il sera fait un point ici chaque matin. Nous devons absolument avoir des infos pour mettre quelque chose en place ! Vous le savez tous, si nous ne stoppons pas ces grosses arrivées, ce sera des tas de jeunes gens foutus, de dealers en plus, du fric à blanchir à la pelle, une augmentation des crimes et des overdoses en perspective… Du plus bas quartier à certaines soirées chic du seizième arrondissement. Dorénavant, je veux des comptes-rendus précis des activités de chacun d'entre vous…

Un nouveau silence suivit, sans doute pesant pour les membres du groupe en réunion. Puis une voix, à peine audible du couloir, se fit entendre :

— Qu'est-ce qui prouve que c'est la même drogue partout ?

— Analyse labo, pas de doute, de la coke, tout ce qu'il y a de plus pur, qualité et quantité impressionnantes.

— Que d'une seule qualité ?

— Absolument… À présent, bémol sur le reste et au travail… Demain huit heures on refait le point, ainsi que tous les jours à venir…

Brouhaha et bruit de chaises dans la salle, les premières personnes sortirent et se dirigèrent vers le fond du couloir.

Un dossier sous le bras, un homme brun, grand, cinquante-cinq ans environ, vif, actif, vint dans sa direction et remarqua aussitôt la jeune femme assise.

— Ah ! Tu es déjà là ?

Il s'arrêta, se retourna, revint vers l'entrée de la salle, d'où quinze à vingt personnes étaient déjà sorties, interpella à la volée : Reuilly, Bozzi… Suivez-moi dans mon bureau.

Puis l'homme revint à la hauteur de la femme qui se leva. Il lui fit la bise.

— Bonjour Nathalie. Viens par ici…

Désignant la porte de son bureau qu'il ouvrit, il s'effaça pour la laisser entrer, tandis que deux hommes les rejoignirent et s'introduisirent dans le bureau, sans présentation. Le chef de la brigade referma la porte puis se dirigea vers son bureau qu'il contourna pour prendre place.

— Asseyez-vous, je vous en prie ! Reuilly et Bozzi, je vous ai demandé de venir pour vous présenter madame Nathalie Segry.

Tous deux se tournèrent vers leur voisine pour lui adresser un sourire poli.

— Madame Segry ne fait pas partie de la maison… indiqua le chef. Elle est journaliste.

— Oui, mais journaliste détachée et hors service pour le moment, crut-elle utile de préciser.

— Effectivement, pour des raisons qui lui appartiennent, elle fera équipe avec vous pendant quelques semaines, voire quelques mois… en observateur !

— Quelques mois ? s'interrogea Reuilly.

— Hum, hum… Son père et moi étions les meilleurs amis du monde… Il s'agit avant tout d'un service personnel… Alors elle sera avec vous et vous deux uniquement. Nathalie, le capitaine Reuilly est sans doute le meilleur élément de la Brigade des stups, et aussi un spécialiste technique de la drogue en France, quant au lieutenant Bozzi, il est sorti récemment de l'École Nationale Supérieure des Officiers de Police de Cannes-Écluse (77) et se trouve provisoirement ici avant son affectation définitive… Au fil des années, le capitaine Reuilly s'est constitué un dossier extrêmement complet qui te sera certainement très utile pour tes travaux… À toi de lui extirper ce que tu pourras. Voilà, à partir de maintenant, vous roulez ! Des questions ?

Ils secouèrent négativement la tête, se levèrent et quittèrent le bureau du chef. Ils marchèrent côte à côte sans se parler jusqu'à un bureau sur la porte duquel on pouvait lire l'unique inscription « Capitaine Georges Reuilly ».

Reuilly n'aimait pas du tout cette intrusion impromptue dans son binôme avec le lieutenant Bozzi, surtout, il ne comprenait pas que son chef ne l'en ait pas informé préalablement. Déjà qu'il venait d'intégrer Philippe Bozzi cela ne faisait pas si longtemps. Son esprit vagabondait sur la réalité et l'intérêt de cette cohabitation.

Georges Reuilly s'installa à son bureau et fit signe à Nathalie Segry de s'asseoir, sans prononcer le moindre mot, tandis que Philippe Bozzi prenait sa place habituelle. Commença alors un long silence, meublé de quelques bruits de papiers déplacés par Reuilly qui faisait mine de prendre connaissance de quelques notes, à la fois indifférent à la présence de la femme, tout en épiant furtivement son attitude.

Nathalie se sentait mal à l'aise face à cet homme qui l'accueillait plutôt froidement. Elle regrettait de s'être vêtue de façon habillée pour la ville, chaussures à talons, beau chemisier, élégante veste bien coupée.

Philippe Bozzi ne se sentait pas mieux devant le comportement taciturne de son collègue.

— Bon ! Si vous m'expliquiez un peu votre affaire pour commencer ? demanda soudain Georges Reuilly.

La méfiance avait visiblement pris place de part et d'autre. Nathalie se redressa, tira sur sa jupe droite un peu courte, qui avait tendance à trop remonter, laissant apparaître de superbes cuisses… Elle tenta de s'éclaircir la voix avant de s'exprimer :

— Bien entendu ! Il le faut si nous voulons faire équipe… J'ai trente-huit ans, bientôt trente-neuf, et je suis journaliste depuis plus de quinze ans dans un grand quotidien national. Je bénéficie d'un congé sabbatique, comme la convention collective le permet, pour me consacrer exclusivement à un thème… LA DROGUE… C'est un sujet que je connais plutôt mal, mais j'ai l'intention de faire une série d'articles pour mon quotidien et pour des magazines, voire peut-être même faire un bouquin si je trouve suffisamment de matière…

L'attitude de Reuilly laissait transparaître une pointe d'incrédulité.

— Comme ça !… Subitement… Sans raison bien particulière ? fit-il.

Nathalie Segry fut d'abord surprise, puis baissa les yeux avant de devenir grave.

— Oui… Subitement… Enfin si on veut… Dans le journalisme, on peut s'intéresser à tout type de sujet, vous savez, même à des reportages sur la drogue…

— Vous me dites que vous êtes journaliste ? reprit Georges Reuilly sur un ton plutôt agressif et interrogateur, devant le regard étonné de Philippe Bozzi qui appréciait de moins en moins cette attitude.

— Oui… répondit-elle étonnée.

— Vous avez donc une carte professionnelle !

— Oui, bien sûr !

— Je peux la voir ?

— Vous le faites exprès ou vous êtes complètement déformé ? dit-elle d'un ton sec et coléreux.

— À vous de choisir…

Il tendit la main, prêt à saisir le document.

— Alors ?

De rage, après avoir rapidement fouillé dans son sac, elle sortit sa carte et la jeta sur le bureau, devant Reuilly.

— Tenez !

— Merci, c'est parfait.

Adoptant un sourire narquois, il nota ensuite attentivement tous les renseignements sur son bloc de papier, puis rendit la carte.

— Eh bien voilà !

— Vous ne voulez pas mes mensurations, pendant que vous y êtes ? dit-elle, visiblement très en colère.

— Ne le prenez pas comme ça, simple vérification, c'est tout !

— Vous pouvez vérifier vous savez ! Et après, ça vous avancera à quoi ?

— C'est justement ce que je compte faire ! Si nous devons travailler ensemble, je préfère que les choses soient claires… Il me serait très désagréable de découvrir un jour que vous êtes une collègue, ou un membre de la police des polices, ou je ne sais quoi d'autre que je n'aurais pas envisagé !

Elle rangea sa carte avec nervosité dans son sac.

— Très bien, parfait, je vous remercie… On voit que vous êtes du genre à faire confiance aux gens. Il se dégage chez vous le goût du contact… de la convivialité, même ! Je suis sûre que vous auriez pu faire un très bon commercial. C'est vrai, chez vous, on ne sent pas du tout l'esprit policier, vous savez, le style spécialiste de la vérification d'identité, par exemple !

La remarque avait été cinglante, Philippe Bozzi considéra que cette femme avait du caractère et ce n'était pas pour lui déplaire, car Georges Reuilly n'était pas toujours très drôle et parfois même, franchement désagréable.

— Non, ce n'est pas ça du tout, ne le prenez pas mal. C'est uniquement pour que nous ayons de meilleures relations… professionnelles !

Il avait prononcé sa dernière phrase d'un ton ferme, mettant fin à la querelle.

Nathalie Segry haussa les épaules en guise de réponse.

Reuilly se contrôla. D'un ton adouci, plus conciliant, il reprit :

— Veuillez m'excuser, mais je ne m'explique pas certaines choses. Avouez que c'est tout de même pour le moins curieux cette intrusion, non ? Pour ma part, je ne vous poserai pas de question… Mais si nous devons faire équipe, il vaut peut-être mieux que j'en sache un peu plus, vous ne trouvez pas ?

— Oh, vous savez, je peux bien vous en parler…

Nathalie baissa les yeux, un peu émue et triste, avant de poursuivre :

— Je ne voudrais pas tomber dans le misérabilisme, mais depuis quelques années, les choses se sont accumulées contre moi… Plus de trente années de bonheur, de joie, de réussite… Tout, quoi… Puis il y a trois ans environ, mon père, qui était l'ami d'enfance de Jean-Marc, enfin je veux dire votre patron, est décédé en quelques semaines, pour ne pas dire en quelques jours, tellement la fin a été rapide… Cancer généralisé, sans avoir jamais été malade de sa vie… Peu avant, ma mère décédait également.

— Je comprends, c'est sans doute très difficile à vivre, répondit Reuilly d'un ton faiblement affecté. Vous êtes célibataire ?

— Non, veuve depuis un peu plus d'un an… Sports d'hiver, autoroute, vitesse, brouillard, carambolage meurtrier…

Nathalie Segry luttait pour dissimuler ses yeux qui s'embuaient malgré elle, mais elle savait qu'elle ne devait pas craquer, surtout pas devant ce policier. La situation n'échappa pas à Georges Reuilly, cette fois terriblement gêné et très mal à l'aise.

— Je ne voulais pas vous peiner. Je ne savais pas.

— Je vous en prie… Après tout ça, vous ne voyez plus la vie de la même façon… Je suis fille unique, j'ai donc perçu héritage, assurance-vie et autres… J'ai ensuite été très choquée par le phénomène de la drogue, aussi ai-je décidé de me consacrer à ce sujet, pour tenter de comprendre… pour faire quelque chose d'utile. Nous sommes tous tellement égoïstes, individualistes… J'en ai parlé à plusieurs reprises à mon chef de rédaction et j'ai vu plusieurs fois votre patron… Voilà, c'est ainsi que je suis aujourd'hui dans votre bureau…

Georges Reuilly avait perdu de sa superbe.

Il abandonna rapidement son attitude policière et fit preuve d'un peu plus d'humanité.

— Je comprends… Ce doit être très difficile de supporter tout ce qui vous est arrivé… C'est vraiment courageux de votre part d'avoir pris cette décision… Ne m'en veuillez pas pour tout à l'heure.

Ce fut le moment que choisit Nathalie pour se ressaisir et prendre l'ascendant sur Georges Reuilly. Elle se redressa et attaqua vivement :

— Ceci étant, nous refermons DÉ-FI-NI-TI-VE-MENT la parenthèse. Je ne veux plus qu'on y revienne ! Ma vie c'est ma vie et elle n'a rien à voir avec les affaires qui nous concernent, suis-je claire ? À présent, suis-je votre coéquipière, oui ou non ?

Surpris du changement de ton, Reuilly se redressa à son tour et tenta d'apaiser son interlocutrice.

— D'accord, d'accord !… N'en parlons plus… On roule comme ça… Ici, tout le monde m'appelle Jo. Diminutif de Georges, prénom que je ne supporte pas, du reste ! Et mon collègue le lieutenant Philippe Bozzi, dit Phil…

— Et moi, c'est Nat !

Le ton était sec, sans égard, visage fermé.

— Bien ! Le tutoiement est d'usage ici. Je viens d'avoir quarante ans, Phil trente, alors si nous devons travailler ensemble quelques mois…

— D'accord, pas de problème, à la rédaction, c'est la même chose !

— Parfait… Ah, une chose encore !

— Oui ?

— Je pense qu'il vaut mieux revoir la tenue !

— Oui, je m'en doute. Alors, que dois-je mettre ?

— Jeans, polo, tenue sport, décontractée, facile et libre pour tous les mouvements, bonnes chaussures pour marcher, voire courir !

— Vu… J'ai !

— Parfait… Nous terminons nos rapports et nous nous retrouvons vers treize heures à la brasserie, en bas, presque en face… Casse-croûte et après, nous attaquons ! O.K. ?

— D'accord, c'est parti, à tout à l'heure. Nathalie se leva pour quitter le bureau. Jo l'accompagna jusqu'à la porte. Alors qu'elle s'éloignait dans le couloir, il l'observa de la tête aux pieds. Elle conservait une allure sportive malgré sa tenue.

Il revint à son bureau, songeur. Il ne put s'empêcher de dire à Phil :

— Beau brin de fille, tout de même, mais alors pas facile-facile. Elle sait ce qu'elle veut !

— Ouais, c'est le moins qu'on puisse dire, mais côté comité d'accueil, on ne peut pas dire que tu aies fait dans la dentelle ni le chaleureux, non plus…

Reuilly ne releva pas le commentaire et prit le bloc de papier sur lequel il avait noté les renseignements de la carte de presse de Nat, décrocha son téléphone, composa un numéro…

Son esprit fut parcouru par quelque vision furtive du visage ému de Nat, il eut soudain l'impression de profaner quelque chose.

— Tu ne vas tout de même pas fouiller dans sa vie ! s'exclama Phil interloqué.

Il se ravisa et reposa le combiné avant de ramasser délicatement le papier dans un tiroir de son bureau.

— Tu as peut-être raison, je verrai plus tard selon l'évolution…

II. COUP D'ENVOI

Devant un Perrier-citron rondelle, Jo et Phil consultaient attentivement leur carte, insensibles aux bruits et mouvements ambiants. Nat entra dans la brasserie et tenta de les repérer. Leurs regards se croisèrent. Ils se firent instinctivement un signe de reconnaissance.

Pantalon et veste en jean, chemisier fermé, Nike Air aux pieds, elle semblait terriblement différente. Mais elle conservait cette grâce naturelle et toute sa féminité.

— Très bien, parfait! ne put s'empêcher de proclamer Jo en se levant et en l'invitant de la main à s'asseoir. Pour ce que nous allons faire c'est mieux, mais d'un autre point de vue, je préférais comme tout à l'heure!

Jo avait un petit sourire malicieux. Phil surveillait la réaction. La réplique ne se fit pas attendre. D'un ton ferme, le regardant droit dans les yeux, Nathalie lança:

— Écoute Jo, tu oublies que je suis une femme... Tu fais comme si j'étais un collègue. Je ne veux plus la moindre allusion ni le moindre sous-entendu... Collègue-collègue, est-ce clair?

— O.K.… fit Jo. Alors aujourd'hui, œuf-mayo, filet de sandre avec du riz, fromage ou dessert en plat du jour. Ou voici la carte.

— Non, non, c'est parfait, cela me convient.

Tout en mangeant, Nat remonta au créneau :

— Alors, les renseignements sur moi, le journal, etc. ? fit-elle en le regardant intensément, surveillant la moindre réaction.

Surpris et un peu piqué, Jo décida de faire profil bas. Il considérait avoir accumulé suffisamment d'impairs en si peu de temps…

— Conforme ! Je classe et on n'en parle plus.

— Mes collègues t'ont appris quelque chose de particulier au journal ? reprit Nat, le visage inquiet.

Jo se montra embêté mais intrigué aussi par cette insistance.

— Heu, non ! Non, rien… Je n'ai pas téléphoné à ton journal ni à tes collègues, j'ai d'autres moyens pour vérifier ton boulot et qui tu es. Je ne veux pas non plus faire d'enquête sur ta vie privée, je voulais juste savoir si tu étais bien journaliste et rien d'autre.

Souriant légèrement, partiellement soulagé de s'en sortir de la sorte, Jo espérait que Nat mettrait un terme à ses attaques.

— Ah, bon… dit Nat, visiblement apaisée. Allez, n'en parlons plus. Après tout, c'est mieux ainsi, au moins tu sais que je ne t'ai pas raconté de salades.

Ceci mit fin au jeu de ping-pong de l'interrogateur interrogé. Jo était à présent pressé de passer au cœur de l'activité et de faire oublier cet épisode qu'il regrettait vivement à présent. Conscient d'avoir choqué la journaliste par sa méfiance excessive, il se devait de se faire pardonner.

— Cet après-midi, visite des tontons pour le renseignement…

— Des tontons ?

— Oui, oui, tournée des indics de toutes sortes, pour la moindre info, le moindre petit tuyau, car on se traîne depuis quelque temps des déferlantes de drogue comme on n'en a jamais vu. Et pas le moindre indice…

— Oui, j'ai cru comprendre…

— Comment ça ?

— Ce matin, en attendant, la porte est restée ouverte un moment, et j'ai compris que vous n'avanciez pas beaucoup, dans une affaire…

— C'est le moins qu'on puisse dire. Rien, nulle part, de nos collègues des frontières, que ce soit du Nord ou du Sud. Et pourtant, elle se déverse sur Paris, Lyon, Bordeaux, Nantes d'une façon incroyable, cette satanée drogue ! Alors nous allons tenter de remonter à partir du plus bas, il n'y a pas d'autre solution. Nous allons faire le tour des bars, dancings des quartiers chauds, ce sera ta première prise de contact. Ça te va pour commencer ?

— Bien sûr, de toute façon, ne vous occupez pas de moi, tous les deux, vous faites comme d'habitude, c'est tout…

Un sourire naturel réapparut, rassurant Jo.

— Au fait, au fur et à mesure des jours, tu pourrais me donner des tuyaux sur les différentes catégories de drogues, leur provenance, les prix ? Puisque comme ton chef nous a dit tu disposes de tas d'infos…

— Pas de problème, j'ai tout ça et même sans doute plus. Je t'apporterai cela demain matin et on en parlera un peu après la réunion. Ce soir, je te tirerai quelques documents de mon ordinateur à la maison.

— De ton ordinateur ? À la maison ?

— Pas d'autre solution, tu as vu l'équipement des bureaux ? Nul et archinul… Nous venons à peine de quitter les machines Japy et Triumph. Notre matériel ne permet que de faire de l'interrogation de fichiers, du traitement de texte et des accès particuliers. Il nous est interdit de charger des fichiers pour nos notes ou tout ce que chacun aimerait pouvoir récupérer ou garder sous le coude.

— Mais la connexion sur Internet ?

— Oui, bien sûr, nous l'avons, mais là aussi c'est pour le boulot et exclusivement pour le boulot, si tu vois ce que je veux dire… Nous y viendrons sans doute, mais pour l'instant nous en sommes loin. Sauf pour les services spécialisés qui travaillent sur les affaires de pédophilie ou de mœurs… Mais ne t'inquiète pas, j'ai tout ce qu'il te faut bien au chaud… Et maintenant, on y va ?

La tournée des bars douteux et des dancings des quartiers chauds commença. Nat dissimulait mal son enthousiasme, visiblement heureuse de passer à l'action aussi rapidement. Quant à Jo et Phil, ils s'efforçaient de tout faire pour intéresser Nat. Jo se jurant intérieurement de ne plus faire de faux pas.

Les premiers établissements ne donnèrent rien, les indics n'étaient a priori pas de sortie.

— À cette heure-ci, je sais chez qui nous pourrions aller…

Ils entrèrent dans un dancing. Le barman s'occupait derrière le comptoir.

— On peut voir Manzini ?

— Dans le bureau… vous connaissez le chemin! répondit l'employé d'un air blasé, indifférent.

Manzini était un homme d'à peine soixante ans. Son type italien ou africain du Nord, taille moyenne, complet veston, nœud papillon, très distingué, bijoux aux doigts, rendait difficile la possibilité de lui donner réellement un âge. Son attitude et son large sourire, son assurance, indiquaient bien qu'il était le maître des lieux.

— Alors Jo et Phil, on sort accompagnés, ou c'est une petite sœur?

— Ni l'un ni l'autre, je te présente Nat, futur officier de police. Un palmarès éloquent à son actif, notamment dans le domaine des tenanciers. Quinze ans d'expérience… notre associée du moment!

— Ah d'accord! dit Manzini, perdant brutalement de sa superbe. C'est vrai qu'il y a de plus en plus de femmes officiers de police. Enfin!… Alors qu'est-ce qui se passe, car je suppose que vous n'êtes pas venus me présenter votre collègue féminine seulement?

Nat s'était redressée sur son siège et suivait la discussion avec hauteur, se prenant au jeu, sortant même un petit bloc de sa poche et un stylo pour prendre quelques notes.

— Non, bien sûr!… Voilà, tu n'ignores pas les chutes de neige du moment, à tel point qu'au rythme où ça tombe, on craint les avalanches… Les overdoses si tu préfères…

Baissant la tête, un peu gêné, Manzini répondit:

— Oui, je sais… J'en ai entendu parler!

— Alors, tes tuyaux là-dessus?

Moue dubitative pour seule réponse, haussement d'épaules impuissant.

— Bon Dieu ! C'est de la folie, une telle quantité de farine. Et du premier choix en plus, pas de la merde de crack pourri !

— C'est ce qu'on m'a dit. Même que ça donne des idées à des tas de nouveaux dealers qui s'y collent, pour se faire du fric facile.

— Alors, d'où vient-elle ? Amsterdam, Italie, Espagne, Afrique du Nord, Moyen-Orient, Amérique du Sud ? D'où, bordel ?

— À première vue, personne ne le sait, du moins parmi ceux que je connais. Y'a peut-être une nouvelle route ? Une nouvelle équipe, même si ce sont toujours les mêmes chefs à la tête ?

— Possible que ce soit les mêmes équipes qui distribuent… Sinon, il y aurait effectivement la guerre des gangs, or, c'est le calme plat de ce côté-là…

— Ouais, pas de bruit et tombe la neige ! J'en ai parlé l'autre jour à des petits dealers. Ils me disaient qu'ils s'approvisionnaient facilement, plus facilement qu'avant. Tout arrive sur Paris, plus besoin de s'emmerder à aller en Belgique, en Hollande ou en Espagne quand il y a pénurie, c'est tout de même incroyable, non ?

— T'as vu passer de la coke ?

— Oui, oui, l'autre soir, il y avait deux clients qui se sont improvisés dealers. Pour gagner gros et vite, ils se lancent… C'est comme ça que les réseaux se multiplient…

Nat intervint alors pour la première fois dans la discussion :

— Et alors, qu'avez-vous fait ?

— Je leur ai dit d'aller jouer ailleurs, du côté de la place Stalingrad ou dans n'importe quel coin de merde. Moi, ces mecs-là, ça me débecte ! D'ailleurs Jo et Phil savent qu'on ne touche pas à ça ici.

Nat ne put s'empêcher d'enfoncer un peu le clou. D'un ton ferme, elle dit :

— Plus il y aura de dealers, plus il y aura de drogués, plus de jeunes crèveront à petit feu ou d'un seul coup par overdose… Vous avez des enfants ?

Surpris par la question, Manzini réagit :

— Non ! J'sais bien… Mais qu'est-ce que je peux y faire ? Et d'ailleurs, que fait la police ? Car si vous non plus ne faites rien, où va-t-on ?

Jo reprit la main après cette altercation :

— Rien ? C'est excessif, tu ne crois pas ? C'est un sacré boulot de fourmi, et pour ça, il nous faut de l'info, pas de l'intox ! Le maximum de tuyaux, tu comprends ?

Manzini préférait discuter avec Jo. Il se calma.

— Oui, bien sûr, t'as raison.

— Bon, reprenons plus sérieusement. Tu as une petite idée de sa provenance ?

— Au vu de la qualité, ils s'accordent tous à penser qu'elle vient de Colombie, ça ne pourrait pas être d'ailleurs.

— La Colombie, très bien… Mais… Plus près ?

Haussant les épaules, impuissant, l'indic répondit :

— Là… J'sais pas… Mais une chose est sûre, elle déboule dans Paris par vagues, facilement et en quantité. Y'a du gros camion là-dessous !

Jo en profita pour faire monter un peu la pression :

— Fais pas chier, Manzini, on gagnera du temps !

— Mais t'es drôle, toi, j'en sais rien, moi !

— M'emmerde pas ! On ferme les yeux sur tes trois bars, alors creuse un peu ta cervelle, j'suis sûr qu'il y a des choses qui vont te revenir !

— Moi, j'irais faire mes courses du côté du MIN[1]. pour voir ce qui s'y passe, si j'étais toi!

— Arrête un peu tes conneries, Rungis c'est grand, alors précise un peu!

— Là, je n'en ai aucune idée. Et ça, c'est "ton" problème!

La discussion qui suivit n'apporta rien de plus, Jo, Phil et Nat durent rejoindre leur voiture. Nat se montra plus enthousiaste et volubile.

— Merci de m'avoir présentée comme futur officier de police! dit-elle, ne retenant pas un rire naturel et spontané.

— Oh, de rien. C'était simplement pour qu'il te respecte... Tu sais, ici, c'est plutôt pourri un peu partout, se présenter comme journaliste avec un flic, ça craint!

— Sérieusement, tu crois ce qu'ils te disent?

— Oui et non, mais jamais tout. Généralement, cependant, il y a bien vingt à trente pour cent de vrai... On découvre une parcelle de ce dont on a besoin, et quand on regroupe toutes les petites parcelles de vérité des collègues, on finit par comprendre certaines choses. C'est comme ça qu'on avance... Tout doucement...

— Oui, mais qu'est-ce qui est vrai dans ce qu'ils racontent? Par exemple, tout à l'heure chez Manzini, qu'as-tu retiré?

— Quelques points. Mais ils ne prendront toute leur valeur qu'en les réunissant avec d'autres... Tu comprends?

— Oui, mais comment?

— Chuuuut, on se calme, pas trop vite, ne sois pas si pressée! Tu sais, il faut des semaines, voire des

---

1. Marché d'Intérêt National.

mois, pour monter une grosse opération. Et puis nous ne sommes pas tout seuls, il y a les collègues, il y a les autres services, comme les zonzons, etc.

— Les zonzons ?

— Oui, les écoutes téléphoniques. Nous sommes en train de les multiplier pour cette affaire qui nous dépasse pour l'instant… Il va falloir se mettre à l'affût, en planque… des jours, parfois des semaines… noter toutes les allées et venues des gens à nos yeux suspects… même chose avec tous les individus qui se mettent en contact avec eux… fouiller dans le moindre détail tout ce qu'il y a autour… profession, éléments extérieurs de richesse, train de vie, fréquentations, activités en tout genre en dehors du boulot habituel… bilans comptables, éléments fiscaux, imposition… Tu sais, c'est souvent l'ingénierie financière qui nous apporte le plus et nous permet d'aller ensuite plus loin sur le terrain. Nous faisons appel à nos collègues spécialisés pour cela…

— Vraiment ?

— Une nébuleuse de sociétés diverses avec des opérations financières pas très catholiques peut nous révéler une grosse opération de blanchiment de capitaux…

— Et vous débouchez sur quoi ?

— Quand tout va bien, sur le démantèlement d'un réseau…

— Et à chaque fois vous y arrivez ?

— Malheureusement non, ce serait trop facile !

— Pourquoi non ?

— Parce que nous avons nos indics, mais ils ont aussi les leurs et, pour eux, c'est plus facile encore, car le fric déboule de tous les côtés et donc ils ont l'info ou, parfois, ils se méfient tout simplement, alors ils changent de route, d'organisation, de plan et tout est par terre, à refaire…

Le temps de garer leur voiture, ils reprirent les visites. Dans un premier temps, un bar douteux sans grand succès. Puis ils passèrent en revue un sex-shop, pour terminer par un fast-food on ne peut plus mal fréquenté. Rien ne provoquait l'envie d'y entrer et encore moins de consommer.

— Alors, tu as vu un peu de tout, aujourd'hui, comme premier bain, en termes d'indics, lui glissa Jo.

— Oui, mais c'est tout de même un peu dégueu tout ça ! dit Nat avec une moue de répulsion.

— Oui, mais vois-tu ce qui revient le plus aujourd'hui ? reprit alors Phil.

— Je n'ai pas trouvé grand-chose d'exploitable !

— Si, tout de même… Ce qui revient presque toujours c'est Rungis et les gros camions… Y'a du gros, du très gros bonnet, là-dessous. Import-export ou quelque chose comme ça, ce n'est peut-être pas grand-chose, comme tu dis, mais c'est tout de même un bout de piste…

— Tu crois ?

— L'avenir nous le dira…

— Tous également craignent la multiplication des dealers, on dirait !

Jo revint dans la discussion :

— C'est sûr, c'est le plus grand fléau ! La drogue suscite 70 % de la délinquance. Elle démarre parfois par un peu de hasch, puis ça suit sur la coke pour aboutir à l'héro. On peut dire que celui qui en arrive à ce stade, devient à coup sûr un délinquant… Soit il vole, soit il deale. Tu sais, dans les cités où il n'y a pas de travail, des tas de jeunes finissent par ne plus vouloir bosser, alors ils tentent des petits coups de deal, si ça marche, ils s'aperçoivent que ça rapporte vite et gros, un peu comme l'histoire de Perrette et le Pot au lait. Ils ne voient plus que par ça…

— C'est fou ! Vous avez une idée du nombre de dealers en France ?

— Toutes catégories confondues, on estime ce nombre à plus de deux cent mille ! Grosse entreprise, n'est-ce pas ?

— Deux cent mille ! On connaît le profil type du dealer ?

— À la base non, il n'y a pas nécessairement de repère par la catégorie socio-professionnelle, ni par le milieu d'origine, ni même par la formation… La plus grande masse vient de situation d'échec scolaire, du manque de boulot, de situation familiale difficile… Et, phénomène nouveau, de petits retraités, locataires pour la plupart, qui ne peuvent plus payer et sont même parfois en surendettement… Le plus gros de la troupe vient des cités… D'autres commencent à décoller, mais c'est plus rare, sans avoir de problème particulier… directement à partir du lycée ou de la fac…

Nat était songeuse et donnait l'impression d'être ailleurs. Une vague de tristesse la submergea, mais elle ne voulut pas briser le sentiment d'excitation dans lequel elle venait de baigner et se contenta de répéter :

— Du lycée ou de la fac… Jo remarqua cette attitude.

— Quelque chose qui ne va pas ?

Mais Nat se ressaisit aussitôt et força un sourire.

— Non, non, je pensais à quelque chose, il ne faut pas toujours faire attention à moi, car vos infos, je les intègre pour ce que je vais préparer et cela peut être éloigné de vos préoccupations du moment, j'enregistre dans mon disque dur! dit-elle en désignant sa tête du doigt.

Jo continua:

— Quand ils touchent, pour beaucoup, c'est vite la spirale infernale, ils bousillent leur famille, la ruinent parfois même, dealent de plus en plus... Parfois meurent brutalement d'une overdose, d'autres fois végètent, se transforment en zombies...

Les yeux de Nat se brouillèrent, comme si elle souffrait brutalement. Phil s'en inquiéta:

— Quelque chose qui ne va pas? lui demanda-t-il.

— À tous les coups, c'est le mélange, voiture, œuf-mayo de ce midi, et la faune visitée... répondit-elle, diaphane.

— C'est normal, au début, ça dégoûte et puis on s'y fait. Tu veux qu'on marche un peu, question de prendre l'air? lui proposa Phil, toujours plus attentionné que Jo.

— Non, non, ça va, j'apprends.

Elle dut faire un réel effort pour réagir.

— Où en étions-nous? Ah oui, une question: y a-t-il des dealers qui n'y touchent pas? reprit-elle en s'adressant à Jo.

— Oui, bien sûr, et beaucoup même. Ce sont les clients que Manzini évoquait. Ils sont jeunes, vingt ou trente ans, ils roulent en BMW, Mercedes ou autre petit bolide avec plein de chevaux sous le capot, ils refusent le salaire minimum, le Pôle emploi ou le boulot d'une façon générale, que ce soit à l'usine ou ailleurs...

— Et ils gagnent beaucoup?

— Deux mille à cinq mille euros par mois, voire plus et parfois même beaucoup plus…

— Pfiiiiit… Alors si on prend trois mille euros en moyenne, par deux cent mille dealers, ça fait un paquet de fric !

— Effectivement, selon le Ministère de l'Intérieur, sept à huit pour cent du PIB !

— Et vous n'agissez pas plus, pour arrêter tous ces salauds ?

— Chuuut, je t'ai déjà dit, on se calme… On les piste, parfois longtemps, et un beau jour la nasse se referme sur le paquet. C'est comme la chasse à courre, il faut parfois suivre la bête longtemps avec toute la meute avant de sonner l'hallali !

— Et des dealers, t'en vois souvent ?

— Tous les jours et de toutes les tailles !

— Tu pourrais m'en montrer ?

— Pas d'problème, c'est quand tu veux. Tiens, nous ne sommes pas loin, nous allons nous arrêter chez le Mexicain qui n'est d'ailleurs pas plus mexicain que toi ou moi ! Mais tu sais, ne te fais pas d'illusions, il n'y a rien de spectaculaire, ils sont le plus souvent comme nous, rien ne les différencie.

— Oui, mais je ne te parle pas du petit dealer de quartier, mais déjà d'un pro qui tourne bien…

— Oui, oui, j'entends bien.

L'idée de rencontrer des dealers regonfla Nat qui semblait avoir totalement repris ses esprits.

Ils entrèrent dans le bar faiblement fréquenté à cette heure. Jo proposa de rester debout au comptoir afin d'avoir un aperçu des clients. Il commanda une consommation. Le barman ne put s'empêcher de venir leur parler.

— Alors Jo, ça marche le boulot ? On est sur un coup ?

— Oh, non, même pas. Pour une fois, tu vois, je fais une pause avec mes deux collègues. Ton patron est là ?

— Voyons, Jo ! Jamais le mercredi. Famille famille.

— C'est vrai, j'avais oublié.

Le barman reprit ses occupations tandis que Jo passait en revue chaque personne présente.

— Tiens, Nat, regarde les deux gars au fond, là-bas… Tu vois ?

— Oui, oui, à droite ?

— Oui… Celui de gauche, c'est Djamel, l'autre, le Sicilien… Deux dealers indépendants…

— Et pourquoi ne pas les coffrer ?

— Sur deux cent mille dealers, on va en arrêter un, dix, vingt ! Et après ? Rien ! La drogue continuera à se déverser. J'y crois beaucoup plus en cherchant plus haut, le fric, le blanchiment de capitaux, les magouilles financières de toutes sortes, atteindre la tête. Là, nous pouvons flanquer un sacré coup de pied dans la fourmilière, et ensuite, d'accord pour s'occuper du dessous, mais pas l'inverse, tout au moins dans la situation actuelle… Allez, on y va ?

Nat était particulièrement songeuse sur la route du retour, dans la voiture, quand Jo décida :

— Bon, je crois que ça suffit pour aujourd'hui. On verra la suite demain.

— Si vous êtes toujours d'accord tous les deux de me recevoir dans votre équipe ! rétorqua Nat avec un léger sourire.

Jo se contenta de répondre également par un petit sourire qui avait tout d'une réponse positive tandis que Phil lui répondait par un oui franc.

Au bureau, Jo et Phil rentrèrent les informations recueillies dans les fichiers. Jo restait préoccupé, Phil connaissait ses soucis familiaux, mais ne dit rien.

Finalement, Jo décida de téléphoner chez lui, c'est sa grande fille, Isabelle, dix-huit ans, qui décrocha.

— Isa ? C'est papa… Ça va ?

— B'jour p'pa… hum, hum…

— Maman est là ?

— Non, réunion ou pot avec ses collègues ou quelque chose comme ça !

Jo regarda instinctivement sa pendule de bureau, il était près de vingt heures.

— Tu rentres tout à l'heure ?

— Non, pas ce soir, je vais rester au studio. On démarre une grosse affaire et je crois que je vais avoir des semaines très chargées.

— Pfuut… Pour changer un peu… On a l'habitude…

— Ton frère est là ?

— Oui, Fabien est en haut, en principe il bosse, mais avec sa musique à toute berzingue, j'te dis pas ! Tu l'veux ?

— Non, ce n'est pas la peine de le déranger.

— T'as un message pour lui ou pour maman ?

— Non, tu leur fais des bisous, je rentrerai en fin de semaine.

— D'ac… Bisous, p'pa !

*

La nuit était complètement tombée sur Paris et les réverbères de certaines rues luttaient misérablement pour donner une illusion de clarté dans le triste quartier du bar du Mexicain. Dissimulée dans l'ombre d'une porte cochère, presque en face, une silhouette humaine était en planque et attendait.

Le bar s'était sensiblement animé et des éclats de voix, de rire et de musique étaient parfaitement perceptibles de la rue.

Djamel et le Sicilien sortirent en discutant. Ils restèrent quelques instants devant une moto puissante, neuve, rutilante. Le Sicilien mit son casque, démarra et quitta les lieux sans faire grand bruit mais rapidement au vu de la cylindrée. Djamel fit une trentaine de mètres pour rejoindre une puissante BMW, coupé sport, au volant de laquelle il s'installa.

La silhouette quitta alors sa planque et vint se positionner devant la portière de Djamel, puis frappa à la vitre en montrant quelques billets de cent euros. Le chauffeur parut surpris, mais se détendit aussitôt à la vue des billets, et la vitre s'ouvrit…

— Alors, on veut du rêve ?

Au même moment, le canon d'une arme équipée d'un silencieux apparut. Le visage se figea pour l'éternité. Le moteur de la voiture tournait au ralenti, la musique livrait ses décibels tandis que l'ombre disparaissait déjà dans la rue déserte, laissant le spectacle d'un homme immobile au volant.

*

Dans le studio de Jo, ce qui frappait en premier, c'était la grosse installation informatique disposée sur plusieurs bureaux métalliques. Les fameux meubles métalliques gris, genre administration, des précédentes décennies. Au-dessus, tout le pan de mur était équipé d'étagères visiblement occupées par des centaines de livres qui devaient représenter tout ce qu'il était possible d'imaginer sur la drogue, ainsi que tout ce qui s'y trouve en amont et en aval ! Le tout occupait la partie droite de la pièce principale. Le mur opposé, énorme contraste, était recouvert uniquement de posters de voiliers dont certains étaient dédicacés, Tabarly, Michel Desjoyeaux, Roland Jourdain, Franck Cammas, Armel Le Cléac'h, Bertrand de Broc, Peyron et une femme également… Samantha Davies ! Au pied, un lit "clic-clac" qui ne devait sans doute jamais être replié. Au milieu, une grande table au plateau bien occupé, au coin, la kitchenette également très encombrée.

Jo, assis sur le bout de son "clic-clac", nettoyait son arme de service dont une partie des pièces reposait sur un essuie-mains étalé sur une petite table de salon.

Il ne pouvait s'empêcher de penser à Nat, revoyant par bribes ou fractions de seconde toutes les étapes de cette longue journée. Il cherchait, chez cette femme, ce qu'il y avait d'essentiel ou de singulier. Une certitude, elle avait quelque chose de particulier qui agissait sur lui, au point de l'intriguer, sans pouvoir définir ce qu'il ressentait véritablement.

De son côté, Phil avait rejoint son petit meublé provisoire, peu imprégné de sa marque dans le décor ou l'agencement, si ce n'était par son ordinateur écran plat très sophistiqué. Il ne pensait guère à sa journée ni à Nat, il n'occupait qu'un poste de passage qui ne devait plus durer très longtemps. Il discutait depuis un long moment déjà au téléphone avec son amie Gwenaëlle, dite Gwen…

L'appartement de Nat n'avait rien de comparable, il s'agissait d'un logement de standing, spacieux, à la fois moderne et classique par le mélange des styles de meubles, de décoration et d'éclairage… Donnant une allure feutrée et douillette à l'ensemble.

Dans la salle de bain, agrippée au lavabo, Nat sentit la nausée lui labourer l'estomac et la gorge, et se remit à vomir sans pouvoir se retenir. Elle resta quelques longues minutes ainsi, incapable de contenir la violence des spasmes. Des frissons glacés vinrent ensuite la secouer. Elle décida de prendre une douche et s'emmitoufla dans un large peignoir.

Nat était nerveuse, ses doigts tremblaient ; son visage défait et sa tenue lui ôtaient toute sa féminité et sa fraîcheur de la journée.

Elle s'activa ensuite à entrer des textes dans son micro-ordinateur. De nombreuses notes étaient griffonnées près d'elle. Son travail ressemblait déjà à ce qui pourrait devenir un journal. Elle se remémora tous les moments de la journée, soucieuse de ne rien oublier d'essentiel, craignant de les voir disparaître dès le lendemain, sous l'avalanche de nouvelles informations ou de sensations vécues. Tout avait de l'importance, il fallait tout noter.

Elle s'arrêtait parfois quelques instants. Son visage révélait alors une préoccupation certaine et de la tristesse se lisait dans son regard. Un silence absolu régnait dans cette grande pièce répartie en trois espaces : bureau, salle à manger et salon.

Non loin d'elle, sur la droite, une grande photo couleur ressortait très nettement grâce à l'éclairage d'une lampe. Un homme, Nat et une très belle jeune fille de dix-sept à dix-huit ans riaient aux éclats, rayonnants de bonheur.

Mais à nouveau, tel un pianiste, Nat reprit ses gammes sur le clavier. Le texte apparaissait simultanément à l'écran… « Tous les dealers sont dangereux pour notre société, à quelque niveau que ce soit… Les dealers non-consommateurs sont des tueurs professionnels en liberté… ».

Elle suspendit une nouvelle fois son travail tandis qu'un voile de tristesse l'envahissait. Son regard se tourna vers la photo et une larme fut immédiatement perceptible au coin de ses yeux.

III. OPÉRATION NATHALIE

Nathalie fut autorisée par le chef de la Brigade des stups, le commissaire Jean-Marc Chatard, à se joindre au groupe pour assister à la réunion de récapitulation des informations collectées la veille.

— Voyons ce qui revient le plus souvent : cocaïne de qualité en grande quantité... Il semble bien que la Colombie ne fasse pas que du café ! Quoi d'autre ?

— Paris semble être la base d'arrivée, voire d'éclatement de la drogue. Ce qui suppose une énorme organisation au plus haut niveau...

— Exact... après ?

— Rungis a l'air de revenir sans arrêt, car nous sommes plusieurs à avoir eu cette info.

— Très juste, il ne manquerait plus qu'ils aient réussi à conditionner cette merde comme de la marchandise !

Quelques chuchotements dans la salle se firent entendre.

Chacun semblait avoir son idée sur la question.

— C'est tout ? Bon, je ne vais pas vous faire languir plus longtemps, j'ai une excellente nouvelle à vous communiquer.

Le chef se redressa et laissa apparaître un large sourire et une certaine fierté.

— J'ai obtenu, tout à l'heure seulement, et au vu de mes demandes répétées de ces derniers jours, le feu vert pour déclencher une grande opération, d'envergure nationale, dont nous serons les pilotes !

Brouhaha dans la salle, il fallut attendre plusieurs minutes pour que le silence revienne.

— J'ai tous les accords, à présent il faut commencer à formaliser notre dossier. Tout d'abord, il nous faut un nom de code, que proposez-vous ?

— Rungis !

— Pas terrible et trop criant en cas de fuite !

Ce qui valut des rires dans la salle. Jo se leva et fièrement proposa :

— Tous les cyclones portent un prénom humain. Je propose "Nathalie", et je veux que ce soit le Mitch des trafiquants !

Le chef approuva de la tête et fit un clin d'œil à Nathalie qui rougit, un peu gênée. Le nom de code sera "Opération Nathalie". Tous les regards se tournèrent vers elle, petits coups de sifflets de sympathie et applaudissements dans la salle.

— Bien, pour l'opération Nathalie, nous allons disposer de tous les moyens et des services avec lesquels vous avez l'habitude de travailler, mais en plus nous aurons l'appui de nos collègues de l'OCRGDF (Office Central pour la Répression de la Grande Délinquance Financière), l'OCRTIS (l'Office Central de répression du Trafic Illicite de

Stupéfiants), plusieurs SRPJ et GIR pour la province, car outre Paris, il y aura Lyon, Marseille, Bordeaux etc. Plus, bien entendu, toute la logistique possible et nécessaire à l'action. N'hésitez surtout pas à vous appuyer sur les équipes d'ingénierie financière dans vos investigations, elles peuvent vous aider à aller plus loin dans vos recherches. Actuellement, le paradoxe de la situation, c'est que nous allons bientôt nous intéresser plus à ceux qui remplissent les coffres des banques qu'à ceux qui les vident trop brutalement (hilarité générale)… Nous passons clairement à la vitesse supérieure, ce qui veut dire zonzons à haute dose, quadrillage autour des intouchables ou réputés tels, planques maxi, discrétion totale… L'opération Nathalie doit être un succès, chaque binôme peut se mettre en rapport avec les services que j'ai cités s'il veut approfondir quelque chose dès à présent, chacun sait ce qu'il a à faire, aussi, au boulot.

Le brouhaha des conversations ne couvrait pas le bruit des chaises et chaque visage reflétait l'envie de se battre pour cette action. Les participants sortirent par petits groupes, ce que firent également Jo et Phil avec deux collègues. Nat sortit en dernier, avec le chef.

— Alors, Nathalie, tout se passe bien ? Ce que tu vois t'intéresse ?

Nathalie ne put cacher son enthousiasme :

— Oui, tout à fait, ça me plaît beaucoup… Et je trouve le nom de code de l'opération plutôt sympa ! Je m'en souviendrai toute ma vie !

— Tu seras notre mascotte, tu sais. C'est très rare d'avoir quelqu'un de l'extérieur aux premières loges dans une affaire de ce genre !

— Je m'en doute et je te remercie !

Plus sérieux cette fois, le chef demanda :

— Et avec Jo, comment ça va ? Pas de problème ?

— Non, juste un peu froid et raide au départ… Heureusement que Phil est là, il doit le tempérer un peu, je pense. Mais, je crois que ça ira…

— Tu me dis si les choses ne vont pas ou si tu as besoin de quoi que ce soit. Il doit travailler en binôme comme toutes les équipes, mais tu sais, c'est avant tout un solitaire, il est dur avec les autres, y compris avec ses proches collègues, mais il l'est encore plus avec lui-même. Enfin, tu verras, c'est un gars comme ça ! Tout comme Phil quand il aura de l'expérience…

Le chef appuya sa parole d'un geste avec le pouce.

Nat revint ensuite tranquillement vers le bureau de Jo et de Phil. Ces derniers s'affairaient sur une pile de documents, ils s'arrêtèrent un instant quand Nat entra.

— Tu as entendu ? Ça veut dire qu'à partir de maintenant, on va avoir du pain sur la planche. T'as du temps libre ?

— Pas de problème, j'ai prévu, j'ai tout mon temps !

— Parfait !

Nat parut subitement intriguée.

— Mais, vous deux ? Vous êtes célibataires ?

Jo et Phil furent surpris par la question.

— Heu… Non… bredouilla Jo.

Il ajouta pour se justifier :

— Mais je reste le plus souvent tout près d'ici, dans un grand studio qui est un peu mon deuxième bureau… Quant à Phil, il est célibataire, disons, pour l'instant…

— Ah, je vois, Monsieur a une garçonnière ! lança-t-elle en riant à l'attention de Jo.

— Alors là, non, pas du tout, tu te trompes !

— Et ton épouse accepte ? Tu as des enfants ?

— Oui, deux... Mais ils sont grands, dix-sept et dix-huit ans.

Nat en profita pour l'accabler, démontrant par là qu'elle désapprouvait qu'il ne vive pas auprès de sa famille :

— En plus !

Jo tenta de se disculper :

— C'est-à-dire que j'habite à plus de quatre-vingts kilomètres de Paris... Ma femme y a un bon boulot, intéressant... Et puis, faut dire que depuis quelques années...

Nat, cette fois, l'arrêta tout net :

— Non mais, c'est ta vie ! Tu fais ce que tu veux ! C'est ton problème ! Dans une scène du film *Tchao Pantin*, Anconina dit à Coluche : « À chacun sa merde », alors tu vois, d'accord ?

Jo venait de recevoir le dernier coup au foie, la cloche de l'arbitre venait de sonner et il comptait. Il devait retrouver ses forces pour repartir au combat tandis que Phil souriait, approuvant d'un signe de la tête à l'attention de Nat, sans prendre partie dans la discussion.

— Bon, mais ce n'est pas tout. On a du boulot. Ah, avant de partir, il faut que je te donne toute la doc que je t'ai tirée hier de mon ordinateur, ainsi que quelques tableaux que je t'ai photocopiés.

— Très bien.

— Tu verras, je t'ai répertorié pour l'instant les cinq catégories - opiacés, cocaïne, cannabis, amphés et hallucinogènes - localisation, historique, etc.

— Mais c'est super !

— Tiens, je vais prendre un exemple pour t'aider à comprendre l'utilisation du tableau. Tu vois ici, les opiacés, ils viennent du pavot… Rêve du Proche-Orient depuis des milliers d'années, ce sont les plus anciens. À une époque, on en a beaucoup parlé, tu sais le Triangle d'Or, carrefour de la Thaïlande, du Laos et de la Birmanie…

— Oui, oui, je m'en souviens…

— Plus récemment, on parlait plutôt du Croissant d'or, c'est-à-dire Afghanistan, Pakistan et Liban. Concrètement, du pavot, on décline l'opium qui n'est ni plus ni moins que le latex obtenu à partir des capsules de pavot blanc, puis il est chauffé et fumé, mais il est peu courant, pour ne pas dire rare en France.

— Oui, j'ai vu de nombreux films sur l'Asie et ses fumeries…

— Exact… Après, il est possible d'en retirer la morphine, surtout utilisée sur le plan médical, mais c'est déjà un puissant et durable analgésique. Son effet peut durer huit heures… Et enfin, on arrive à l'héroïne, dérivée de la morphine base avec différentes qualités, de la blanche jusqu'au *brown sugar*. Elle est généralement vendue sous forme de doses diluées, d'où les seringues, puisqu'elle est injectée en intraveineuse…

— C'est vraiment dégueulasse ! Et ça coûte cher ?

— Soixante-quinze à cent euros le gramme, l'overdose est mortelle… Voilà, tu trouveras tous les détails complémentaires sur les feuilles annexes, une par catégorie… Autre groupe, la cocaïne, extraite des feuilles de cola, arbuste des Andes. Les Indiens mâchaient les feuilles et s'en servaient déjà comme stimulant. Origine Colombie, Pérou, Bolivie essentiellement.

— Là je crois qu'il vaut mieux être Coca-Cola que cocaïne ! Sûrement ! Même si pour la boisson, il faut tout de même faire attention au sucre et à la caféine ! Quant à la cocaïne, cette fameuse poudre blanche, souvent appelée farine, neige, etc., elle est le plus souvent inhalée. Elle vaut moins de cent euros le gramme et, aux dernières nouvelles, un peu moins en ce moment, vu l'abondance, d'où notre opération. Là, je te donne un ordre de grandeur au détail, les gros trafiquants règlent la cocaïne au kilo actuellement à trente mille euros, disons sur le marché international... Peut-être as-tu vu récemment dans le journal un article sur ce pétrolier néerlandais en provenance du Venezuela arrêté avec une cargaison de drogue de cent kilos de cocaïne...

— Oui, effectivement j'ai lu ça, l'interrompit Nathalie, les douaniers français ont plongé sous la coque pour récupérer la torpille bourrée de cocaïne et les trois Français ont été arrêtés dans leur chambre d'hôtel juste avant de venir récupérer leur marchandise.

— Eh bien il y en avait pour trois millions d'euros ! Tu vois, ça correspond à ce que je te dis, précisa Jo.

— J'ai lu aussi que le chef, c'était celui qui avait fait le casse du siècle en braquant la Banque de France de Toulon en 1992 !

— Exact, répondit cette fois Phil, Marc Armando, le braqueur le plus connu de France, après avoir été arrêté aux Pays-Bas, il a été transféré à la prison des Baumettes à Marseille et là, il s'est donné la mort. Pour le braquage de Toulon, il avait pris dix-huit ans mais avec les remises de peine, il avait quitté le milieu carcéral en 2005, je pense qu'à cinquante-six ans, il ne voulait plus refaire de la prison et surtout, en se donnant la mort, il part avec ses infos…

— Oui, je comprends…

— Pour en revenir à notre sujet, reprit Jo, le dérivé de la cocaïne c'est le crack, la drogue du pauvre aux États-Unis, comme dans le Bronx à New-York. Elle fait son apparition de temps en temps en France et fait des dégâts à chaque fois.

— C'est moins cher ?

— Oui, trois à quatre fois moins, mais je te passe sur tous les états que cela engendre : hyperexcitation, sentiment de puissance, hallucination… et après, juste derrière, risques cardiaques, tendance suicidaire et tout le tintouin…

— Mais c'est complètement fou !

— Eh oui, je sais… On continue, ici sur cette partie, le cannabis. Les Chinois en consommaient, il y a plus de deux mille ans avant Jésus-Christ. Autre plante, la marijuana ou herbe, le haschich ou kif qui est la drogue la plus consommée au monde, le plus souvent fumée avec du tabac, quinze euros les deux grammes environ… Ça va ?

— Hum, hum, vu, on passe. De toute façon, je reprendrai le tout dans le détail, tranquillement, à la maison…

— D'accord. Alors ensuite, tu as les amphés. Une des plus prisées d'Europe est anglaise. Elle défraye régulièrement la chronique, c'est l'ecstasy…

— Oui, en effet, on en parle régulièrement dans la presse.

— Bon, donc je passe. Après, voyons, ah oui, les hallucinogènes. Le LSD est le plus utilisé, il est obtenu à partir d'ergot de seigle, tu verras tous les détails…

— Les Beatles l'ont chanté, non ? La chanson devait s'appeler *Lucy in the Sky with Diamonds*.

— Oui, oui, c'est bien ça, bravo ! Je vois que tu connais tes classiques ! Alors une chose encore, je ne t'ai pas mis dans ce premier petit dossier tout ce qui concerne les drogues utilisées par les sportifs. Là aussi, je te classerai par catégories celles qui servent pour la force, la croissance musculaire (IGF 1, nandrolone, testostérone), pour la concentration (propanolol, benzodiazépine, cocaïne), tu vois, on la retrouve, pour l'endurance (erythropoïetine, hémoglobine semi-synthétique, perfluocarbures), pour le tonus, pour les sprints (clenbutérol, cortisone, ephédrine, etc.)…

— Pfiiiit, tu en sais des choses ! En sport, en dehors de l'EPO pendant le Tour de France, je ne connais rien…

— C'est vrai, l'EPO a fait parler de lui. Il faut en voir les conséquences : hyperviscosité du sang, hypertension artérielle, convulsions. Pour diminuer ce risque, les coureurs prennent des aspirines et toutes sortes d'anticoagulants, il est plus que temps de mettre de l'ordre dans tout ça !

— Avec le scandale Armstrong, cela va peut-être donner un coup de main, non ?

— Lui, c'est encore autre chose, bien au-delà que ce qui est évoqué dans les médias, d'ailleurs, le grand public le saura-t-il vraiment un jour ? En attendant, pour ce que nous venons de voir rapidement, je te donnerai le dossier complet que j'ai eu par des collègues spécialisés dans ce domaine. Rien qu'avec ça, tu pourrais largement faire un livre !

— Merci, mais revenons aux premières drogues, disons non sportives. En termes de dépendance…

— Là, il y a plusieurs degrés. Dans le domaine physique et dans celui du psychique… C'est le psychique qui l'emporte.

Jo partait tout naturellement dans des explications détaillées, toujours soucieux d'apporter toutes les informations possibles à Nat mais qui intéressaient aussi Phil qui ne l'avait jamais vu autant parler de ce sujet jusque-là. Il commentait dans le détail les effets, les durées d'action dans le corps et, bien sûr, les méfaits et les conséquences pour l'organisme… Chaque petit dossier remis avait son lot de notes complémentaires.

Le temps passa très vite durant ces échanges.

— Tout ceci n'est rien par rapport à ce que je te donnerai par la suite.

Puis, regardant sa montre :

— Waouh ! Il faut filer, t'as vu l'heure !

Ils quittèrent le bureau dans la précipitation.

IV. ÉCOUTES, PLANQUES ET FILATURES.

Nat et Jo commençaient à entretenir des rapports normalement courtois de collègues travaillant en équipe. Elle s'entendait bien avec le lieutenant Phil Bozzi. Elle se passionnait pour tout ce qu'elle découvrait et posait de nombreuses questions, ce qui finalement n'était pas pour déplaire à Jo, soucieux de remonter dans son estime.

L'objectif de la journée était de passer prendre commande de planques et de filatures auprès du service des écoutes.

La voiture quitta la rue pour s'engouffrer dans un parking souterrain d'immeuble. Puis ascenseur jusqu'au quinzième étage.

Devant une porte d'appartement, Jo sonna trois coups rapprochés, puis deux, puis un. Un homme ouvrit et les fit entrer dans un véritable laboratoire d'électronique, de matériel sophistiqué. Un centre hypermoderne d'écoutes.

— Salut les gars !

— Eh bien, Jo et Phil, vous ne vous emmerdez pas, on dirait !

— Comme vous voyez, nous en avions marre d'être toujours à deux mecs, aussi, je vous présente Nat ! Nat, voici Christophe, dit Chris, et Maurice, dit Momo !

Chris, très pince sans rire, lança aussitôt :

— Bon, Momo, à partir de maintenant on change un peu, tu fais équipe avec Jo et Phil et moi, avec Nat !

— On se calme et d'abord pas touche, riposta Jo en riant et en faisant le geste de taper d'une main sur le dos de l'autre.

Mais Nat, plutôt insensible à ces plaisanteries masculines, s'intéressait déjà au matériel qui se trouvait dans l'appartement.

— Pas mal votre matériel, en tous les cas, impressionnant !

Momo, plutôt flatté :

— Hum, hum, dernier cri de la high-tech… En ligne directe sur le réseau et à la demande, en moins de dix secondes, grâce à cet ordinateur. Nous sommes aussi capables de faire du suivi GPS lorsqu'on arrive à prendre la main sur le téléphone portable…

— Pfiiiit, siffla-t-elle, génial, le matos ! Et il y a beaucoup de bases comme celle-ci ?

— Oui, une bonne vingtaine en France !

— Et vous suivez quelqu'un en particulier ? reprit Nat avec toute sa naïveté.

Cette fois, elle déclencha un rire collectif chez les quatre hommes, tandis qu'elle se figeait.

— J'ai dit une bêtise ?

— Non. Seulement, on ne suit pas quelqu'un… Mais des centaines de personnes… Toutes celles sur lesquelles on a un doute ! Tout est fait automatiquement et enregistré pour être ressorti à la demande selon les besoins des uns ou des autres.

— Mais c'est facile alors !

— Facile ? Avec des gens qui ne font pas d'erreur, qui ne sont pas mouillés directement, etc., etc. ? Il y a des individus dont nous sommes certains qu'ils sont impliqués de près ou de loin dans un trafic. Mais nous n'avons rien… pas un semblant de début de preuve !

— Et que faites-vous alors ?

— Rien !

Chris, intrigué, s'adressa à Jo et Phil :

— Mais d'où sort-elle, la nouvelle ?

— Elle n'est pas de la famille.

— Ah bon ! Je me disais aussi !

— Et ça, qu'est-ce que c'est ? demanda Nat en désignant une sorte de micro-ordinateur.

— L'accès et le suivi de tous les numéros et adresses de toutes les cabines téléphoniques publiques de France, même s'il y en a de moins en moins, la bonne cabine publique reste encore un outil privilégié des trafiquants, avec les portables volés ou non identifiables !

— Ça existe ?

— Non (rire général) ! Mais chut, secret défense !

Nat allait de découverte en découverte. Elle continua à apprendre le rôle et l'intérêt de chaque appareil. Le tour ayant été effectué brièvement, Chris revint plus sérieusement vers Jo et Phil.

— Le chef t'a dit ce que tu dois faire ?

— Non, pas précisément, nous n'avons pas eu le temps, il m'a dit que je verrais ici…

— Voilà, il voudrait que tu t'impliques dans ce dossier, d'autant qu'il semble que les choses bougent un peu de ce côté. Dossier Galliardi Miguel. Officiellement, il est PDG d'une société anonyme dans l'import-export. Nous n'avons rien sur lui de compromettant pour l'instant, rien non plus du côté du contrôle fiscal, téléphone négatif… et tout, et tout, négatif…

— Pourquoi, dans ce cas ?

— Il a eu des contacts avec d'autres personnes, plus mouillées que lui dans la drogue et le blanchiment de capitaux. Nous avons décidé de faire du suivi rapproché permanent pendant un certain temps. Nous écoutons tout, nous notons tout, même le quidam qu'il va croiser dans la rue et à qui il ne dira qu'un mot ou ne fera qu'un signe…

— La totale… et alors ?

— Pour l'instant, rien !

Nat, attentive, intervint :

— C'est dingue ! Ça doit être frustrant pour les gars, non ? Et ça peut durer longtemps ?

— Plus que ça ! Des jours et des jours, des kilomètres et des kilomètres, nous suivons parfois des gens d'indice en indice, de contact en contact, pour arriver jusqu'au bout et on peut se retrouver dans le sud de la France, ou de l'Espagne, voire à Marrakech ou à l'opposé, à Amsterdam, etc. Et très souvent pour rien. Pour classer sans suite. Au fait, t'as une préférence pour la destination ?

— Non, non !

— Six fois sur dix, c'est le sud. Trois à quatre fois, c'est le nord !

— Jamais l'est ou l'ouest ?

— Rarement. Disons une fois l'est, c'est tout. De ce côté-là, c'est plutôt le trafic de voitures, vol de cuivre, de moteurs de hors-bord, et cette activité, ce n'est pas notre job.

— Si je comprends bien, nous avons plus de chances d'aller vers le soleil. Je ne connais pas Marrakech, la destination me plairait bien !

— Ben voyons ! Au bord d'une piscine, sous un palmier, sur un transat, avec boisson fraîche aussi ?

— Mais pourquoi pas, pendant que tu bosses ?

Chris dut intervenir pour mettre fin aux élucubrations voyageuses de Jo, Phil et Nat.

— Dis-moi, La Vigne, si nous revenions à nos moutons ? Il faut savoir tout de même que nous avons tout lieu de penser que, de près ou de loin, nous risquons de toucher des durs, semble-t-il, même du cartel de la cocaïne.

Nat, fièrement, faisant celle qui connaît un peu malgré tout :

— Colombie, Pérou, Bolivie, c'est ça ?

Momo s'adressa alors à Nat :

— Panama, Medellin, Lima, ça te dit quelque chose ?

— Surtout Medellin, comme tout le monde, à cause de l'affaire Pablo Escobar. Son arrestation et son évasion, jusqu'à ce qu'il soit tué par les forces de l'ordre, seize mois après.

— Effectivement, et bien depuis, c'est moins Medellin mais plutôt Cali qui se développe. Une véritable association de malfaiteurs. Ils sont très puissants. Ils possèdent des avions, on pouvait en acheter pour pas cher dans le désert de sable, en stockage, il n'y a pas encore si longtemps. Pour passer inaperçus, ils collent aux avions de lignes régulières. Ils sont capables de charger un avion de taille moyenne, de le modifier pour le faire se poser en mer, de tout transborder sur un cargo et puis de couler simplement l'avion après !

— Mais il faut un paquet de fric et une sacrée organisation pour ça !

— Ne t'inquiète pas pour eux, ils ont tout ce qu'il faut, il faut savoir qu'un cartel est parfois plus puissant qu'un pays tout entier ! Alors, quand certains nourrissent des ambitions politiques comme Escobar, ils ont vite fait de devenir l'état dans l'état.

— Escobar était quoi sur le plan politique ?

— Député ! Mais à Cali, c'est différent et pire à la fois, car il doit y avoir une centaine d'organisations qui coordonnent les opérations d'envoi massif de cocaïne.

Puis, regardant sa montre :

— Eh, La Vigne, il faut que vous filiez, il vous reste tout juste vingt minutes pour prendre le relais des autres...

La voiture quitta le parking du sous-sol pour s'élancer sur la rue. Nat n'en revenait pas de tout ce qu'elle entendait. Elle était complètement abasourdie par la quantité d'informations qu'elle découvrait.

En cours de route, elle demanda à Jo une documentation sur chaque grand point, comme celui des cartels. Elle oublia de lui demander pourquoi à deux reprises, Jo s'était fait appeler La Vigne, sans réagir, comme quelque chose de normal.

Elle réalisait bien que les petits dealers de quartiers représentaient une matière négligeable par rapport aux monstres, en forme de pieuvre, qui sévissaient dans le monde entier. Tout semblait démesuré, presque surréaliste.

Elle comprenait aussi que les trafics de tabac ou les jeux pouvaient faire figure de gaminerie à côté de telles organisations. D'autant que Jo lui expliqua qu'au-delà d'empoisonner le monde, le blanchiment de capitaux par l'intermédiaire d'entreprises de standing ou de banques plus ou moins douteuses, installées dans les paradis fiscaux, venait donner un pouvoir économique dans l'activité de nos propres entreprises dans le monde entier.

Il lui raconta aussi le démantèlement de la pizza-connection. Une vaste opération de blanchiment de capitaux à partir de pizzerias qui déclaraient dix fois plus de chiffre d'affaires qu'elles n'en réalisaient. De même sur une chaîne de station de lavage de voitures sur Paris et la région parisienne. Dans les deux cas, les commerçants venaient chaque jour verser des espèces à la banque, même lorsqu'il n'y avait aucun client ! Et bien d'autres combines du même genre… Par quel bout fallait-il commencer ? La besogne était ardue.

La voiture venait de pénétrer dans le grand site de la Défense et se gara le long d'une avenue. Phil conduisait et Jo se saisit de son radio-téléphone de bord.

— Ça va, on est juste bon… PFLB 87 en place… PFLB 87 en place… Bien reçu… Bien reçu… GWEN 29 décroche… GWEN 29 décroche…

— Qui est-ce ? demanda Nat, curieuse.

— Les collègues… tiens, regarde, là-bas, ils s'en vont.

— La BMW série 3, noire ?

— Hum, hum… Il faut se fondre dans la masse.

Le temps passa sans la moindre activité. Une heure, deux heures… Au rythme des questions et des échanges sur tous les sujets qui intéressaient Nat.

Puis, enfin…

— Les voilà…

Une Mercedes très haut de gamme, limousine automatique noire, sortait du parking souterrain d'une des tours et glissa silencieusement sur l'avenue.

— À nous, nous y allons à distance.

— Oh, la vache, la bagnole… Elle vaut au moins soixante-quinze mille euros !

— Tu rigoles, vise plutôt cent mille, sans les options, bien sûr ! Trente-neuf chevaux, et je suis sûr que tu peux ajouter le blindage, vitres pare-balles, et tout de suite, tu dépasses les cent cinquante mille euros ! Nous sommes petits, tout petits, n'est-ce pas ?

Rêveuse, Nat dit :

— C'est dingue ! Rien que pour me payer cette bagnole, il faut que je bosse quatre ou cinq ans, sans dépenser le moindre centime de ce que je gagne !

— Eh oui !

Le suivi à distance se fit sans trop de difficulté jusque devant un immeuble cossu du seizième.

La Mercedes se positionna devant une porte actionnée par télécommande à partir de la voiture, puis disparut rapidement dans le sous-sol de l'immeuble.

— Et voilà, l'oiseau est dans son nid…

— Et maintenant, qu'est-ce qu'on fait ?

— Nous attendons, nous allons noter les allées et venues des visiteurs éventuels, voire des numéros d'immatriculation. Si une voiture s'arrête ou s'introduit dans le parking. PFLB 87… PFLB 87, arrêt domicile. Je répète… Bien reçu.

Et les heures s'égrenaient. La tension baissait chez Nat qui appréciait déjà moins l'attente, assise dans la voiture, sans rien faire, le casse-croûte acheté rapidement dans une brasserie à proximité. Dîner dans ces conditions, même avec deux hommes, n'avait rien de ludique.

Et des voitures arrivaient à intervalles irréguliers ; les plaques minéralogiques étaient relevées, les indications transmises par téléphone portable verrouillé par leur service de sécurité, car la radio n'était plus fiable depuis très longtemps… Il s'agissait de vérifier les coordonnées du propriétaire. Le plus souvent, c'était un simple résidant de l'immeuble.

Puis une BMW, série 7, gris métal, vitres très fortement teintées ne permettant pas de voir à l'intérieur, s'arrêta comme les autres devant la porte du garage et disparut.

— PFLB 87… BMW série 7… voici le numéro… je répète…

Et la longue attente continua jusqu'au feu vert d'autorisation de décrochage. La dernière voiture était entrée vers vingt et une heures, il était plus de vingt-trois heures.

Soudain, la BMW série 7 réapparut et fila sans bruit pour disparaître dans la nuit.

— PFLB 87… PFLB 87… Départ annonce précédente… Je répète… Départ annonce précédente…

— O.K., bien reçu, levez le camp… Terminé.

— Tu crois que c'est intéressant ?

— Aucune idée, pour l'instant ça suffit, nous rentrons. Nous saurons demain. C'était peut-être tout simplement quelqu'un de très ordinaire qui rendait visite à quelqu'un de très ordinaire… Direction le plumard, sauf si tu veux prendre un pot sur le chemin du retour, simplement pour faire descendre notre succulent dîner ?

— Oui, je veux bien, mais tu m'arrêtes dans un repaire de dealers, comme l'autre jour !

— Pas de problème, ce genre d'entreprise ne manque pas sur la place, c'est parti…

— C'est moi qui paie le pot…

— Dans ce cas… Bon, Phil, je te laisse nous conduire où tu sais…

Quelques instants plus tard, la voiture banalisée s'arrêta devant un bar de nuit. Bel établissement, plutôt haut de gamme. Tous trois s'installèrent au bar.

Du regard, ils firent un tour d'horizon de la salle pour découvrir les clients. Presque toutes les tables étaient prises, une certaine animation régnait dans les lieux.

— Tiens, Nat, la table au fond à droite, les deux gars avec les deux filles…

— Les deux beaux garçons à l'allure de jeunes cadres commerciaux dynamiques ?

— Hum, hum, c'est bien ça, sauf qu'ils ne bossent pas et qu'ils ne manquent de rien !

Un jeune homme d'environ trente ans entra à ce moment. Il ne regarda pas du côté du comptoir et fila directement rejoindre la table des quatre personnes…

— Tiens, tiens, tiens, regarde-moi ça… Le beau Sergio… Tu vois, lui, c'est déjà un petit chef dans le milieu des dealers, il est dangereux et commence à prendre de l'importance. Car au-delà de dealer, il a compris qu'il ne faut pas craquer tout le fric et il commence à structurer sa petite affaire pour gagner plus et mieux, et se mouiller un peu moins... Tournons-nous pour consommer et filons. Inutile de nous faire remarquer davantage.

— Jo, tu ne l'arrêtes pas ? Tu vas le laisser courir, vivre la grande vie et empoisonner les jeunes ?

— C'est cela, oui... Et tu veux l'arrêter pour quel motif ? Il n'a certainement rien sur lui. Et puis des gars comme le Sergio, nous sommes plusieurs à lui filer le train. C'est sûr qu'il tombera un jour, mais ce jour-là, il faudra que l'on puisse aussi serrer celui ou ceux qui sont au-dessus de lui. Là, ce sera intéressant, on ne sera déjà plus dans le petit dealer du quartier ou de la cité...

— Je ne comprends pas pourquoi vous ne les mettez pas tous en taule, au moins on serait peinard !

— Tu rigoles, si tu veux être peinard, comme tu dis, la seule solution c'est de les descendre, sinon, ils se multiplient. Tu les fiches en prison ? Ils organisent un marché de la drogue dans la prison !

— Tu déconnes !

— Mais pas du tout, je te le dis, aujourd'hui, il y a de la drogue dans la plupart des prisons de France. En plus, quand on les relâche, car il faut bien les relâcher un jour, n'est-ce pas, ils ont triplé leur réseau par les mecs qu'ils ont formés en prison... Non, une seule solution pour cette vermine, la suppression radicale et puis c'est tout...

— Et la justice alors dans tout ça ?

— Pour des mecs comme ça ?

Jo haussa les épaules et quitta le comptoir.

— Allez, viens, on rentre, cette fois.

Dehors sur le trottoir, Jo fit remarquer à Nat :

— Tiens, regarde un peu, la super Alfa V6 24 S, c'est la deudeuche de notre Sergio !

Dans la voiture sur le chemin du retour, Nat continua à s'agacer et à questionner vigoureusement Jo tandis que Phil ne cherchait pas trop à s'immiscer dans la discussion et se contentait de conduire.

— Ils ne se font pas suer, quand même !

— C'est ainsi ! se contenta de répondre Jo.

— Bon… Je te dépose chez toi, demanda alors Phil, et je te reprends demain matin, si tu veux ?

Jo surveillait la réaction de Nat du coin de l'œil. Elle ne se fit pas attendre :

— Non, tu me ramènes à ma voiture. D'ailleurs, on est plus près.

— Bon, comme tu veux… se borna à dire Phil.

*

Une demi-heure plus tard, une ombre attendait dans le renfoncement de la porte d'entrée d'un commerce, presque en face du bar de nuit.

L'Alfa était toujours à la même place. Près de trois quarts d'heure après, Sergio sortit seul du bar, regarda attentivement de chaque côté et se dirigea vers sa voiture.

Dans le même temps, l'ombre s'était déplacée rapidement pour se mettre du côté du chauffeur de l'Alfa. Sergio avait déjà démarré et allait accélérer pour partir. Une main frappa à la vitre, brandissant de nombreux billets de cent euros. Sergio fut surpris. Il hésita car la voiture commençait à quitter son emplacement, s'arrêta. Rassuré, il ouvrit sa vitre.

— Désolé, je n'ai rien, mais je peux…

Le canon d'une arme, muni d'un silencieux, apparut rapidement… Sergio fut tué sur le coup, d'une balle en pleine tête.

Mais déjà l'ombre disparaissait au coin d'une rue.

*

Dans son studio, Jo tournait en rond, agacé, nerveux, très préoccupé… Bien plus tard dans la nuit, il ne trouvait pas le sommeil. Les mains croisées sous sa nuque et les yeux ouverts, il veillait. Son arme de service était posée dans son étui sur un tabouret près du lit. On ne voyait que sa crosse. Il décida de se lever et se servit un Perrier. Puis il rassembla à nouveau quelques documents dans une chemise, visiblement destinée à Nat. Il saisit quelques livres également sur ses étagères, ainsi que quelques revues et magazines qui consacraient des articles à la drogue.

Il s'arrêtait parfois, songeur. Une expression heureuse passait sur son visage lorsqu'il pensait à Nat.

Il regarda par la fenêtre. La grande baie vitrée donnait sur la ville. Une vue spectaculaire dont il ne se lassait jamais, s'étendait devant lui. Pendant un moment, il était seul au monde. Puis il se résigna finalement à retourner se coucher.

Phil avait pris une douche et, en robe de chambre, regardait un documentaire à la télévision, après avoir passé quelques coups de fils dont celui qui était obligatoire, à Gwen…

Dans son appartement, Nat avait le visage blafard. Elle venait de vomir à plusieurs reprises. Elle avait pris une douche et la vapeur d'eau couvrait encore une grande partie du miroir. Elle éprouvait ce besoin permanent de se laver… de se laver encore après chaque journée, comme un T.O.C. (Trouble Obsessionnel Compulsif) dont elle ne pouvait se défaire.

Elle passa un gant de toilette sur son visage et vint s'asseoir, prostrée, sur le divan, serrant ses jambes repliées dans ses bras. Durant un long moment, elle resta là, la tête enfouie dans sa poitrine. Des larmes coulaient de ses yeux.

Ce soir, avant de se coucher, elle n'avait pas eu le courage de travailler sur son ordinateur.

Elle resta ensuite des heures sans trouver le sommeil, à regarder les lueurs extérieures et à tendre l'oreille pour capter les bruits étouffés qui montaient jusqu'à elle. Par moments une vague d'anxiété la submergeait et elle se sentait soudain tenaillée par l'angoisse. Les ténèbres veloutées finirent par se refermer sur elle, emportant en même temps ce sentiment de solitude extrême.

Elle sombra dans le sommeil, sachant parfaitement qu'elle n'échapperait pas aux cauchemars qui ne cessaient de la hanter.

V. POUR ALLER PLUS LOIN, IL FAUT ALLER PLUS PRÈS.

Chacun avait rejoint sa place dans la salle de conférences. Le commissaire Jean-Marc Chatard coordonnait toutes les actions, donnait une synthèse rapide des comptes-rendus de chacun et des informations à communiquer.

— C'est parfait, nous avons bien avancé. Nous avons recensé plus de cent cinquante contacts de toutes sortes. Toutes vos infos ont été éclatées dans les services concernés : OCRTIS, DCRI, OCRGDF et les autres… Certains d'entre vous devraient recevoir des réponses suite à vos interrogations et vos remontées. Je vous demande une nouvelle fois de creuser à fond chaque point avant de laisser tomber votre piste. Et je rappelle en insistant bien : pas d'abandon de suivi sans avis contresigné de ma part. Vous ne le savez que trop : rien n'a d'importance et tout a de l'importance… Des questions ? Non ? Bon, alors au boulot !

Le groupe était nettement moins important qu'à l'accoutumée. De nombreuses équipes étaient sur le terrain depuis la veille et commençaient à s'éparpiller pour développer au mieux chacune de leurs investigations.

À la fin de la séance, Jo et Phil revinrent à leur bureau. Nat, au bout du couloir, prit un café au distributeur puis vint s'asseoir en face de Jo.

Il compulsait des papiers avec beaucoup d'intérêt.

— Les premiers renseignements de l'autre soir, voyons un peu, à qui était la BMW qui est entrée au sous-sol pour repartir ensuite ? Elle appartient à Roger Guardi, pas fiché, rien à signaler. Par contre, il est certainement venu chez Galliardi, car ils se connaissent.

— Mais comment pouvez-vous vous intéresser d'aussi près à des gens qui ne sont même pas fichés ?

— Comme ça, question de flair ! dit-il en désignant son nez avec son doigt. Non, plus sérieusement, fisc, finances et autres les suivent de loin, car ils semblent trafiquer ! Et il faut bien se dire que tous les truands ont réalisé plusieurs coups avant d'être fichés, non ? lui rétorqua Jo.

— Tu sais, il t'est certainement arrivé de faire des excès de vitesse sur la route et de ne pas avoir été prise, j'imagine ? lui demanda alors Phil.

— Oui, bien sûr…

— Eh bien, dans notre cas, c'est pareil, pas vu pas pris ! se contenta-t-il de lui répondre.

L'esprit absorbé, Jo reprenait les informations qu'il découvrait sur les documents en sa possession.

— Profession : promoteur immobilier pour l'un, (arborant un sourire malicieux, faisant mine de sentir les papiers…) hummmm, ça sent bon ça! Import-export, pour l'autre. Je crois même sentir comme un petit bout de mafia italienne là-dessous que ça ne m'étonnerait pas!

— Pourquoi, tu connais?

— Non, pas du tout. Mais la promotion immobilière avec le crack financier et immobilier de ces dernières années, c'est un bon environnement pour blanchir des capitaux…

— Et maintenant, qu'est-ce que tu en fais?

— Je vais revoir du côté de la brigade financière pour qu'elle me donne la situation des deux individus, et surtout bien examiner s'il n'y a pas eu de cession de parts, d'augmentation de capital et je ne sais quoi permettant impunément de mettre de l'argent au lavage… L'argent, par des effets croisés de différentes sociétés, va et vient, il faut donc le sentir pour vérifier s'il n'a pas une odeur de blanchiment!

Nat y trouva un regain d'intérêt et semblait intéressée quand le téléphone sonna…

— Jo Reuilly, j'écoute!… Ah, salut… Non!… C'est pas vrai… Sergio? Mais je l'ai vu l'autre soir! Ça, c'est pas mal… Sur le coup? Où est-ce arrivé? Ah bon! De mieux en mieux!… On a une idée? La vitre ouverte, tu dis… il devait connaître son agresseur alors, non? De toute façon, on ne va pas pleurer… cela nous fait toujours un négociant revendeur de moins… À mon avis, il voulait prendre trop d'importance… Hum, ce qui pourrait vouloir dire qu'il y a tout de même du tirage dans le milieu, ça en fait deux de la même façon, Djamel et Sergio… O.K.… Oui, oui, tiens-moi au courant pour info, mais c'est surtout Pat et Gégé qui les suivaient. Je ne les ai jamais pris en direct… Très bien… Oui, merci encore… De même… Bye…

— Que se passe-t-il ? demanda Nat, aussitôt le téléphone raccroché.

— Notre portefeuille de gros clients potentiels diminue de jour en jour, en ce moment !

— Comment ça ?

— Incroyable. Deux en peu de temps. D'abord Djamel et puis Sergio, tu sais, le soir au bar…

— Oui… Le gars du bar de nuit, avec son Alfa ?

— Liquidé sur place dans sa bagnole, devant le bar, et peut-être pas beaucoup plus d'une heure après notre passage !

— Pour un peu, nous aurions pu être témoins. Le comble, non ? s'exclama Nat.

— Oh, ça non, jamais de témoin dans ce milieu, tout au plus une info anonyme, un coup de fil d'une cabine et puis c'est tout.

— Et ils savent des choses particulières, sur les circonstances ? demanda Nat, intéressée par l'événement.

— Non… sauf qu'a priori, les deux types devaient connaître leur agresseur, car tous les deux ont ouvert la vitre pour mieux se faire descendre, pas mal, non ?

— Oui… C'est sûr que s'ils se connaissaient, ils ne se sont pas méfiés ! se contenta de préciser Phil.

— Bizarre… Pas très courant, ce genre de chose… s'interrogeait Jo.

— On ne va tout de même pas pleurer ces empoisonneurs ! C'est toi qui me disais l'autre soir qu'il fallait les supprimer pour qu'ils ne se reproduisent plus, non ?

— Heu, oui… Oui… Mais ça reste bizarre… Peut-être ont-ils voulu doubler quelqu'un ? Va savoir ! Bref, revenons à nos affaires… Tiens, je t'ai apporté ton petit dossier quotidien, voici…

— Merci, c'est vraiment très sympathique, mais là, j'accumule, à ce rythme, je suis loin de tout avaler à mesure…

— Je m'en doute… Tu verras, celui-ci est très complet et à jour… Je t'ai mis les degrés de dépendance et tout l'aspect psychique, ainsi que les prix, les productions mondiales. Tu vois, là, par exemple, le tableau sur l'héroïne pure, six cents tonnes environ, la cocaïne deux mille tonnes dont les trois quarts vont aux États-Unis… Plus loin, ici, des chiffres d'affaires, cinq cents milliards de dollars par an !

— De dollars !

— Oui, près de deux fois le budget de la France !

— Et tu as les chiffres pour la France seule ?

— Oui, c'est aussi noté et décomposé. Environ vingt-cinq milliards de dollars, désolé, ils expriment tout en dollars sur le plan international, dont près des trois quarts en héroïne.

Nat ne put s'empêcher d'émettre un léger sifflement pour montrer à quel point elle était impressionnée. Sans plus attendre, elle parcourut quelques notes et tableaux au hasard. Jo prenait connaissance de nombreux documents posés dans sa panière sur son bureau, de même que Phil.

Soudain, Nat se mit à bâiller, ne se retenant guère.

— Oh, pardon, excuse-moi ! dit-elle en souriant.

— T'es fatiguée ? Tu n'as pas bien dormi ?

— Si, si… dit Nat en se ressaisissant. Mais quand je rentre, je lis mes notes et j'organise un peu mes idées, alors je ne dors pas beaucoup, finalement…

— Et tu avances bien ?

— Hum... hum...

— Que vas-tu faire exactement, tu le sais à présent ?

— Là, je programme une série d'articles, quand ils seront complets, je les négocierai auprès de magazines du type *L'Express*, *Le Point*, *Le Nouvel Obs*, etc. Et j'ai aussi attaqué mon livre.

— Tu as déjà écrit des livres ?

— Oui, j'ai publié deux essais... Mais j'aimerais assez tenter le roman, en m'inspirant de la réalité, de ce que je vis au quotidien.

— Tu vas parler de nous alors ? dit Jo en riant.

— Bien sûr ! Mais en changeant vos noms !

— Je préfère... Tu nous le feras lire quand tu auras fini ?

— On verra !

Tous les trois se mirent à rire très franchement, de plus en plus complices.

Nat accompagna ensuite Jo et Phil aux terminaux informatiques, munis de leurs documents. Dans cette salle, des jeunes femmes travaillaient sur leur clavier, devant leur écran en permanence, pour entrer des données et interroger des fichiers. En l'occurrence, pour ce qui concernait Jo et Phil, il s'agissait de s'occuper de Galliardi et Guardi.

— Demain, nous devrions avoir un peu plus d'infos sur ces gars-là... Tu vois, à un moment, si nous voulons aller plus loin dans une affaire, il faut aller plus près ! À présent, il est plus que temps de filer à la Défense !

Phil n'en revenait pas, il ne se rappelait pas avoir déjà vu Jo parler autant, que ce soit à un coéquipier ou un stagiaire. Il fallait aussi avouer que Nat avait toujours quelque chose à dire ou à demander, et le fait d'être en permanence ensemble modifiait progressivement les rapports.

— PFLB 87… PFLB 87… Sur place, prise de position.

Une voix en retour confirma la réception du message et décrocha.

— Allez, bon courage et salut La Vigne !

Une Mégane noire démarra et s'en alla…

— Ce ne sont pas les mêmes collègues que l'autre jour ?

— Non, nous tournons, comme tout doit être remonté au central, peu importe qui vient. Le résultat sera le même…

— Et pourquoi La Vigne ? C'est un nom de code ? C'est au moins la troisième fois que je l'entends, je pensais te le demander l'autre jour, puis j'ai oublié.

— Non, non, ce n'est pas du tout un nom de code. Il se trouve tout simplement que mon nom est également le nom d'une ville du Berry, dans le nord de l'Indre, où se trouve un vignoble remarquable. Le Reuilly, qu'il soit blanc, rouge ou rosé, est un vin d'une excellente qualité et, depuis quelques années nous avons pris l'habitude de nous y rendre au moins un week-end par an en groupe. Cette excursion a beaucoup plu aux collègues, c'est devenu un but de sortie que nous partageons tous ensemble. Culturel, mais aussi gastronomique, car outre le fait de nous rendre à Reuilly, nous n'allons pas très loin de là, à Issoudun, au restaurant *La Cognette*, qui est une excellente table. Nous poursuivons ensuite par Valençay, à la fois pour son superbe château qui a une histoire particulière, non pendant la Renaissance mais bien plus tard sous Talleyrand… Et enfin, lorsque nous avons le temps, surtout si c'est un week-end à rallonge, nous allons aussi visiter le château de Bouges ou, plus haut, celui de Bourges. Par l'autoroute, c'est à peine à deux heures de Paris !

— Tu es originaire du Berry ?

— Non, pas du tout, je porte ce nom, et comme nous ramenons toujours du vin, les habitués de ces sorties m'appellent désormais amicalement La Vigne, c'est tout ! Si tu ne connais pas, je te conseille d'y aller, c'est super !

Et une nouvelle fois, le temps s'égrenait à l'horloge du tableau de bord.

Dix heures, onze heures, douze heures… Douze heures quarante-huit, sortie de la Mercedes.

Le véhicule ne prit pas la même direction que la fois précédente et arriva sur Neuilly, les beaux quartiers. Ce qui attisa la curiosité de Phil et de Jo et, bien entendu, l'excitation de Nat.

Soudain, la voiture s'immobilisa devant une cabine téléphonique.

Un homme en descendit, un autre occupait la cabine et en sortit pour venir se positionner près de la Mercedes.

— Mais qu'est-ce qui se passe ? interrogea Nat, très surprise.

Phil avait eu juste le temps de se garer discrètement et prendre son appareil photo pour faire quelques clichés de la situation, tandis que Jo se saisissait de sa bible du plan de Paris pour situer par son portable l'adresse de la cabine aux zonzons.

Jo était visiblement agacé et énervé… Enfin, il put transmettre l'info à ses collègues.

— Qui appelle-t-il ? fit Nat.

— C'est bon, on va le savoir… dit-il en se décrispant légèrement, jusqu'à forcer un sourire.

Mais déjà l'homme sortait de la cabine pour s'engouffrer dans la Mercedes qui partit aussitôt. L'homme qui était resté près de la voiture rejoignit une BMW série 5 très récente et fila, lui, dans l'autre sens. Phil put prendre quelques photos supplémentaires, question d'avoir les visages et l'immatriculation du véhicule des hommes de main.

Les zonzons rappelèrent alors Jo pour lui dire qu'ils n'avaient rien pu obtenir et que l'interlocuteur était dans une autre cabine publique…

— Et merde ! jura Jo.

— Tu as su tout de même où il appelait ? demanda Phil.

— A priori en France, mais ils vérifient car ça peut être à la limite d'une frontière ou carrément à l'étranger. Jo ne put s'empêcher de lâcher de nouveaux jurons.

— Tu m'expliques ? demanda alors timidement Nat qui visiblement ne voulait pas agacer ni déranger par ses questions.

— Simple… Très simple… D'un côté, des hommes de main que tu as vus en BMW. Ils préparent, sur ordre, la possibilité de téléphoner d'une cabine téléphonique. D'un autre côté de la ville, du pays ou du monde, une autre équipe fait la même chose. Les deux équipes s'appellent depuis leur portable quand tout est prêt. Notre homme, Galliardi, peut passer son message très important de vive voix à son interlocuteur et puis voilà… Imparable, discret, impossible de savoir quoi que ce soit…

— Moi je croyais les cabines démodées, avec tous les moyens actuels…

— C'est vrai, mais ces personnages particuliers n'ont confiance en rien ni personne, pas plus qu'en leur téléphone chez eux, au bureau, ni en leur portable, ni dans les radios de toutes sortes… Tiens, regarde en Corse dans l'affaire du préfet assassiné, c'est par des téléphones portables que toute l'opération a pu être reconstituée !

— Mais ici, en l'occurrence, c'est incroyable… Facile, vraiment facile, et tout tranquillement, en plein jour, impunément. Mais il faut les arrêter ! s'exclama une nouvelle fois Nat, impulsive.

— Oui, bien sûr ! Pas de problème. Mais pour quel délit déjà ? Ah oui, a téléphoné d'une cabine publique ! rétorqua Jo.

Nat rongeait son frein, en colère. Par dépit, elle se contenta de hausser les épaules.

La Mercedes rejoignit ensuite le seizième arrondissement. Jo annonça son arrivée au domicile. Le retour radio demanda d'attendre la relève pour décrocher, ce qui ne se fit pas trop attendre. Effectivement, la BMW série 3 de l'autre jour se gara non loin.

— Bien, et si nous allions casser une p'tit'croût' vit'fait ? proposa Phil.

— Je veux bien, avec plaisir, après ces émotions ! accepta Nat.

— Mais ce n'est rien, vraiment rien. Tu en verras d'autres, car « ça continue encore et encore… ».

« C'est que le début, d'accord, d'accord », reprit aussitôt Phil, suivi de Nat qui voulait montrer qu'elle était à l'unisson.

Ils éclatèrent de rire tous les trois. Jo se tourna et considéra avec tendresse Nat à l'arrière. Phil se gara ensuite, un peu plus loin, devant une brasserie. Les répits n'étaient que de courte durée, et tout en mangeant, elle continua inlassablement, prenant un ton de plus en plus passionné.

— C'est fou quand même, à ce régime-là, il faut une sacrée chance pour les coincer !

— Tu comprends mieux, maintenant ? Avec du fric, ils font ce qu'ils veulent. Tout est parfaitement dirigé, ils ont des hommes de main qui ne savent rien, qui exécutent un petit travail précis, rien de plus, ils sont bien payés, ils doivent être disponibles, ils n'ont jamais de casier, ne sont pas fichés et ne prennent pas de risque.

— Mais… et les écoutes ?

— Dans des cas précis comme tout à l'heure, impossible ! Il y a des milliers de cabines en France et quand tu rajoutes celles de l'étranger, tu arrives très vite à des centaines et des centaines de milliers ! Sachant qu'ils ne téléphonent jamais de la même cabine, ni au même endroit, donc non repérable !

— Pourtant, j'ai lu une fois que dans une affaire de drogue, certains s'étaient fait coincer en téléphonant d'une cabine…

— Exact, c'est d'ailleurs arrivé à plusieurs reprises. Je me souviens, entre autres, de l'opération Margarita, mais les mecs étaient un peu cons pour se faire baiser de cette manière, pas très fute-fute, tu vois ! Ils utilisaient toujours la même cabine !

— Vu le niveau ici, nous ne risquons pas de les coincer. C'est fichu, quoi ! lança Nat de dépit.

— Non, non, pas du tout, nous avons eu ce matin une chance extraordinaire, que personne n'a eue avant nous, avec ce Galliardi !

— Tu trouves, toi ? Mais on n'a rien ! Tu l'as dit toi-même !

— Nous n'avions rien. Maintenant, nous commençons à avoir quelque chose. S'il n'y avait rien, il n'aurait jamais donné le coup de téléphone de ce matin. Ceci est largement suffisant pour ne plus lâcher ce gabarit. Il y a quelque chose, c'est sûr, et de pas très net.

— Mais en attendant, nous ne disposons de rien, malgré tout !

— Peut-être, mais il va se passer quelque chose… Ce qui veut dire que c'est le moment ou jamais d'aller secouer les indics, en leur disant qu'on sait qu'il se trame une affaire ! Tu prends un café ?

— Heu, oui, oui.

— Trois cafés et l'addition, s'il vous plaît !

Le serveur arriva rapidement avec les cafés et l'addition. Jo sortit son portefeuille. Lorsqu'il l'ouvrit apparurent trois billets de cent euros. Ceci n'échappa pas à Nat.

— Waouh, on sort ses gros billets ! Le monsieur n'a pas de carte ? lui demanda-t-elle.

— Si, j'en ai une, mais je vais te dire une chose, je ne m'en sers presque jamais. Pointer mes comptes m'emmerde, alors chaque semaine, je passe au guichet de ma banque et je retire quelques billets de cent euros, selon mes besoins. Le temps de blaguer parfois deux minutes avec le guichetier, car ça devient rare et exceptionnel, les agences sont le plus souvent sans argent, désormais, mais là, pour l'instant, ça va encore, il est sympa, je lui demande des gros billets (Jo se met à rire). Tu connais l'histoire du Noir qui veut des gros billets ?

— Non !

— C'est le guichetier qui me l'a racontée… C'est un grand et gros Noir qui arrive tout essoufflé et énervé au guichet. Il dit d'une voix forte qui porte :

« Je… feux… des g'os billets (dégobiller)… ». Le guichetier, tout pâle, se lève d'un bond… « Bien, bien, Monsieur… Retenez-vous, s'il vous plaît… Venez par ici… Les toilettes sont justes au coin à droite de l'agence… ». À ce moment-là, le grand Noir ne comprend rien, il regarde le guichetier, stupéfait : « Mais Missieu… Missieu… Je vous dis que je veux des g'os billets ! ». Et alors, il sort de son sac, un grand sachet de pièces… « À la place de ça ! ».

Ils se mirent à rire tous les trois de bon cœur au même moment, heureux de pouvoir blaguer ensemble, même si Phil l'avait déjà entendue à plusieurs reprises.

Dehors, le ciel était bleu et le soleil caressait la façade des immeubles. C'était une journée de printemps, empreinte de fraîcheur et de simplicité.

VI. DEALER EN « HERBE »

Chaque jour, Jo, Phil et Nat appréciaient de plus en plus de se retrouver, de pouvoir parler de tout et de rien, en dehors du sujet de la drogue.

En cette fin d'après-midi, ils avaient décidé de revenir bousculer un peu Manzini. Celui-ci, les voyant arriver, voulut plaisanter avec Nat, adoptant un sourire cajoleur…

— Bonjour Mademoiselle la future officier de police !

— Madame !

Expédiée d'un ton ferme et direct, la réponse coupa court à toute ouverture.

— Oh, pardon, excusez-moi.

Surpris une nouvelle fois, Manzini venait de perdre son sourire.

— Alors, t'as du neuf ? attaqua Jo aussitôt.

— Du neuf, du neuf… Oui… Enfin, si on veut…

— C'est-à-dire ?

— C'est bien sur Rungis que les gros arrivages se font.
— Oui, mais plus précisément ?
— Rungis, c'est tout ce que je sais.
— Rungis ? Mais tu te fiches de moi ou quoi ? C'est aussi précis que si tu m'avais répondu Lyon ou Marseille, je suis drôlement avancé !
— J'te jure que je n'en sais pas davantage !
— Et comment tu sais que c'est Rungis ?
— Voilà, c'est un client dealer qui a un ami qui a lui-même un ami qui doit transporter de la marchandise en provenance de Rungis, à plusieurs endroits de la capitale, dans diverses planques, toilettes de bar, pots de fleurs, arrière-cours et autres...
— C'est tout ?
— C'est déjà pas mal comme tuyau, non ? J'peux même te dire que j'ai pris des risques pour connaître cette info pour toi. Et tu sais, moi, j'en ai rien à foutre de cette merde !
— Permets-moi de te dire que c'est franchement incomplet tout de même... Au fait, Djamel et Sergio, tu connaissais ?
— Djamel, non... Sergio, comme ça.
— T'as une idée ?
— Non, mais je crois savoir que personne n'y comprend rien. Certains avaient pensé qu'ils avaient voulu doubler quelqu'un, a priori, ce n'était pas le cas, ce qui s'est passé reste très bizarre... En tout cas, personne ne semble croire que c'est le milieu.
— Bon, on y va... Mais pour Rungis, il faudra creuser...
— Creuser, creuser... facile à dire !
Dans la voiture, les échanges reprirent.

— Tout semble converger vers des arrivées massives à Rungis, tout de même.

— Oui, mais Jo, comme tu le disais tout à l'heure, Rungis c'est grand et les renseignements sont maigres.

— Eh bien, il va falloir demander de resserrer sur les camions qui viennent d'Espagne, d'Italie, des Pays-Bas… Mettre plus de chiens aux passages de contrôle… Les faire davantage circuler dans Rungis… Mais c'est une telle fourmilière… Et puis, ils ont peut-être mis en place un nouveau type de conditionnement rendant la drogue indétectable par les chiens…

— Peut-être… Où allons-nous maintenant ? demanda Nat.

— Stop pour nous aujourd'hui, nous avons un tas de paperasse en retard. Nous rentrons et toi, tu pourras retourner chez toi tranquillement et de bonne heure pour une fois. Pourquoi cette question, tu voulais quelque chose de particulier ?

— Non, mais simplement, j'aimerais m'arrêter boire quelque chose, j'ai très soif, sans doute le repas trop salé de ce midi…

Sur la route du retour, Phil arrêta la voiture devant un bar à l'allure plutôt sympathique.

Nat ne laissa guère le temps au Perrier de perdre ses bulles.

— Ouf, ça va mieux ! Pendant que j'y pense, vous avez des contacts avec les hôpitaux, les centres de prévention ?

— Assez peu. Sauf quand il y a overdose… Sinon, ils voient surtout une majorité de paumés…

— Mais, il y a bien des centres ?

— Oui, bien sûr, il y en a plusieurs sortes, la DGLDT par exemple…

— La DGLDT ?

— Oui, la Délégation Générale à la Lutte contre la Drogue et la Toxicomanie. Des gens très bien s'en occupent, et même des professeurs du monde médical de haut niveau interviennent comme conseillers.

— Autrement ?

— Autrement, des institutions, des tas de petites associations… Malheureusement, bien souvent, les gens qui sont dedans n'ont presque rien à offrir aux toxicos sans compter qu'ils manquent la plupart du temps de moyens, de formation… et ils sont débordés. Mais tu n'ignores pas que le gouvernement est pour l'ouverture dans les grandes villes de maisons réservées aux toxicos, ne serait-ce que pour l'hygiène des seringues, tu as vu dans les médias récemment ce qui se passe parfois tout près des écoles primaires où les enfants découvrent des seringues…

— Oui, mais au moins elles vont exister !

— Oui, c'est vrai… Le problème, c'est que trop souvent ces institutions renvoient une image de malaise, de dégoût et parfois même de rejet de la part des toxicos.

— Pas facile…

— Non… Par contre, je pense à quelque chose. Dans le dix-huitième, il y a un lieu d'accueil intéressant qui s'appelle « La Boutique ». C'est un projet subventionné par l'État…

— Et que font-ils ?

— Cette boutique propose des douches, des machines à laver le linge, des endroits pour prendre simplement un café… pour parler… trouver des préservatifs… des doses d'eau de Javel pour nettoyer les seringues. En fait, le gros problème de ces jeunes, c'est souvent leur avenir. On va s'occuper d'eux, mais pour les renvoyer vers quoi ? Vers quel job ? Alors, c'est rapidement un cercle vicieux…

— J'irai faire un tour dans ces endroits pour voir, pour discuter avec les drogués comme avec les membres des associations.

— Bien sûr, faut y aller. Je te donnerai les adresses, y compris des hôpitaux, disons, plus spécialisés. J'ai tout ce qu'il te faut, mais tu devras y aller seule, car nous n'aurons pas le temps…

— Non, non, je comprends, pas de problème, merci. Dis…

— Oui ?

— J'aimerais aussi rencontrer un p'tit dealer…

— Mais tu sais très bien que nous pouvons t'en montrer des tas malheureusement !

— Non, pas simplement le voir. Je veux pouvoir discuter avec lui…

— Je vois ce que tu veux… Bon, réfléchissons un peu… Disons qu'il te faut quelqu'un de propre et de pas dangereux… Ouais, ça peut se trouver… Tiens, je connais un barman sympa qui t'arrangera le coup. On peut même y aller si tu veux…

— Tout de suite ?

— C'est parti ! Phil, tu vois à qui je pense ?

— Oui, d'accord !

La voiture s'arrêta peu après devant un luxueux bar des Champs-Élysées.

— Dis, Jo, tu n'es pas en train de te moquer de moi, là ?

— Non, non, pas du tout, il me paraît intéressant que tu découvres autre chose. Car tu sais, il y a drogue et drogue, milieu et milieu, tu vas voir.

L'agencement du bar était remarquable, donnant à la fois une impression d'intimité, de confinement et de raffinement, jusqu'à la musique qui avait une douceur étrange. Les lumières tamisées ou simplement adoucies semblaient vouloir vous accueillir pour passer un moment de calme et de détente.

Nat semblait subjuguée par la beauté des lieux, son regard parcourait les décors pour tenter de tout voir à la fois.

— Nat, ici, pour cette opération, tu redeviens journaliste… pour info !

— Tu fais bien de le préciser !

Passant devant le bar, Jo lança :

— Salut Maxou, comment ça va ? Tu connais Phil et je te présente Nathalie, dite Nat, la reine du journalisme !

— Jo exagère toujours tout ! précisa Nat.

— Bonjour Mademoiselle, salut Jo, salut Phil, ça fait quelque temps que vous n'êtes pas venus !

— Eh oui, le boulot, mon vieux, le boulot… Pas le temps…

— Perrier-citron rondelle pour toi, je suppose ? Et pour Mademoiselle ?

— La même chose !

— Allez vous installer au coin là-bas, vous serez bien, je viens vous servir.

Nat ne pouvait s'empêcher de regarder tout autour d'elle, trouvant cet endroit enchanteur.

— Dis donc, Maxou, Nat fait un reportage sur les dealers, mais pas les durs ni les pourris, tu ne pourrais pas lui faire rencontrer un p'tit dealer bien sympa et pas méchant ?

— Humm (réfléchissant)... Ça devrait pouvoir se faire... Quand ?

— Tout de suite, si c'est possible ?

— Je ne sais pas, je vais voir, je téléphone !

— Merci Maxou !

— Il a l'air très gentil ce monsieur, et je trouve qu'il a quelque chose, disons, de distingué.

— Oh, ça oui (Jo et Phil se mirent à rire), pour être gentil, il est gentil, tu peux même te balader avec lui sans risque !

— Pourquoi dis-tu ça ?

— Il est homosexuel à cent pour cent !

Ils éclatèrent de rire, de bon cœur. Maxou revint peu de temps après et, s'adressant à Nat :

— C'est arrangé, il va pouvoir venir d'un instant à l'autre.

Puis s'adressant à Jo :

— Alors, qu'est-ce que tu deviens ?

— Rien d'extraordinaire. La routine, la routine...

Jo et Phil appréciaient de se trouver avec Nat dans ce cadre agréable. Ils semblaient goûter ce moment comme un véritable instant de bonheur. Ils guettaient néanmoins toutes les entrées, impatients de connaître l'allure du fameux dealer invité par Maxou.

Un jeune homme entra et se dirigea tout droit vers Maxou. La démarche élégante, vingt-cinq ou trente ans, un mètre quatre-vingts, tenue sport, mais chic et de très bon goût, bien coiffé, cheveux châtain clair. Il échangea quelques mots avec Maxou qui le conduisit aussitôt vers Nat, Jo et Phil.

Il se présenta devant leur table pour leur dire :

— Georges-Henri, je te présente la journaliste Nat et ses collègues. Nat fait un reportage pour un magazine comme je te l'ai dit au téléphone et elle aimerait pouvoir échanger avec toi.

Tous trois s'étaient levés pour saluer le nouvel arrivant.

— Nous pourrions nous asseoir. Que prenez-vous ? proposa Nat. Voici ma carte de presse.

— Non, je vous fais confiance, du moins, je fais confiance à Maxou.

— Merci, ce n'est pas le cas de tout le monde.

À cet instant, Nat regarda Jo d'un air qui en disait long sans vraiment le dire et ne mit pas nécessairement Jo à l'aise. Que prenez-vous ?

— Je veux bien un Coca.

— Vous nous servirez un Coca et un Perrier-citron. Et pour vous ? fit-elle en se tournant vers Jo et Phil.

— Rien, merci... Nous allons vous laisser. Dans combien de temps repassons-nous te prendre ?

— Heu... Et puis non, ce n'est pas la peine de vous déranger, vous avez assez à faire dans le moment au bureau, je me débrouillerai pour rentrer en taxi, à ma voiture. Vous retournez au journal ?

— Heu... Oui, oui... fit Jo, plutôt surpris.

— Des articles à terminer... surenchérit Phil.

— Alors à demain.

Nat sourit, contente de ce petit tour. Phil et Jo n'avaient plus d'autre solution que de quitter les lieux.

Ils rejoignirent leur voiture et, tout le long de la route, ils ne purent s'empêcher de discuter de Nat.

Ils venaient à peine de la quitter, elle leur manquait déjà. L'absence de cette présence à laquelle ils s'étaient habitués faisait un vide à leurs côtés.

Dans l'esprit et devant les yeux de Jo, Nat passait comme des flashes, quand elle pouffait de rire, quand elle souriait tout simplement ou lui disait d'un ton mi-moqueur, mi-sérieux : « Vous retournez au journal ? ». Il ne pouvait s'empêcher de sourire, seul, tandis qu'au volant Phil devait rester concentré et vigilant en raison de la circulation.

Jo se disait qu'il adorait la regarder sans qu'elle le sache, lorsqu'elle avait la bouche mi-ouverte, laissant apparaître ses dents blanches, parfaitement rangées. Elle gardait parfois ce sourire involontaire et presque douloureux qui lui donnait une image indéfinissable et prêtait à sa physionomie une expression de douceur et une grâce d'un charme extrême. Que pensait-elle de lui ? se demanda-t-il soudain.

Pour Phil, il ne se passait jamais très longtemps sans que l'affaire des deux dealers exécutés dans leur voiture ne revienne avec force dans son esprit. Qui ? Pourquoi ?

Jo pensait à tout autre chose… Nat donnait-elle des infos à un ou plusieurs exécutants du milieu ? Mais pourquoi ? Quel intérêt aurait-elle ? Tout lui paraissait tellement invraisemblable qu'il chassa cette idée qu'il trouva finalement grotesque, tout autant que le fait d'imaginer Nat agissant seule !

Phil et Jo arrivèrent enfin au bureau et attaquèrent de bon cœur la charge administrative qui les attendait.

Dans le bar, Nat et Georges-Henri discutaient comme deux amis de longue date.

— Avez-vous un métier ?

— Non, non, pas vraiment... Après un bac littéraire, j'ai fait deux années de fac, et puis rien. C'est à la fac que j'ai commencé tout doucement à faire l'intermédiaire. Ça fait maintenant dix ans que je me suis lancé dans ce commerce à plein temps, je ne vis que de ça...

— Et vous n'avez jamais songé à vous arrêter ?

— Non, jamais ! Vous me voyez bosser dans le bâtiment ? Travailler à la chaîne dans une usine ou gratte-papier dans un bureau ? Moi pas !

— Et votre famille, elle sait ?

— Non pas du tout, je suis d'une grande famille versée dans le monde de la finance, tout le monde est très pris, chacun croit que je suis pigiste pour des grands quotidiens et que je suis le nègre de plusieurs écrivains. Du moins, je les en ai persuadés, si bien que lorsque je vais dans ma famille, on m'admire plus qu'autre chose ; je peux leur raconter n'importe quoi, rien ne peut être prouvé !

— Et vous arrivez à gagner suffisamment d'argent tout le temps ?

— Oui, sans problème, je me fais entre deux mille cinq cents et trois mille euros par mois, ça me convient parfaitement, c'est suffisant. Plus... Ça deviendrait dangereux !

— Dix ans sans le moindre problème ?

— Aucun, ma politique c'est la sécurité et la discrétion avant tout, casier judiciaire vierge, bien entendu, je suis très carré et organisé. Je marche dans les passages cloutés, je respecte le code de la route, je suis toujours poli et courtois et je m'habille très correctement. Vous voyez, le parfait Français, bien rangé. Clean !

— Êtes-vous marié ?

Mais Nat ne réalisa que trop tard le sens de sa question. Georges-Henri rougit, gêné, baissa la tête et lâcha un « Non » à peine perceptible. Malgré la forte évolution médiatique du moment, notamment au sujet du mariage pour tous et les manifestations pour les droits des homosexuels et notamment l'adoption et autres… Sorti de ce cadre pour parler isolément, il semblait que ce soit toujours difficile pour certains de l'évoquer librement.

La réponse à peine donnée, Nat enchaîna aussitôt :

— Quelle drogue vendez-vous ? Héro, coke ?

— Ça va pas, non ?

Il venait de réagir vivement, choqué par la question. Il eut cette fois un comportement presque efféminé.

— Je ne touche pas à ça… Trop dur… Trop dangereux… Non, disons que moi… Je suis épicier ou plutôt herboriste !

— Épicier, herboriste ?

— Oui, je ne fais que du hasch, de la marijuana, du cannabis. On m'appelle d'ailleurs « L'herboriste » dans le milieu très branché.

— Quels sont vos loisirs ?

— La littérature !

— La littérature ? fit Nat, de plus en plus surprise.

— Oui, ma famille est très cultivée… Mon appartement est rempli de livres, je lis au moins deux à trois livres par semaine…

— Quel est votre auteur préféré ?

— Tout dépend des périodes, actuellement, je viens de reprendre Baudelaire.

— Baudelaire ?

— Oui, Baudelaire.

Il prit alors un air rêveur, un peu absent.

— C'est l'héritier du romantisme… Je trouve qu'il exprime à la fois le tragique de la destinée humaine et une vision mystique de l'univers.

Complètement abasourdie, Nat tenta vainement de se raccrocher et lança :

— *Les Fleurs du Mal* !

— Pas seulement ! Je trouve qu'il était à la source de la sensibilité moderne. Vous voyez, je ne fume pas, et bien, il m'arrive avec lui de fumer un joint en le lisant… L'extase… Je le comprends…

— Vous êtes incroyable !

— Non, je ne le pense pas. Ah, je ne vous l'ai pas dit, j'ai repris les cours et je prépare actuellement une licence… et après… pourquoi pas une maîtrise… L'agrèg' ! Vous savez, mon avantage, c'est que j'ai tout mon temps pour réussir ! Quand je dis réussir, en réalité, je m'en fiche, mais c'est très intéressant de reprendre les cours avec le recul et l'expérience de la vie que j'ai à présent, vous ne pouvez pas savoir !

— Dealer intello !

— Non ! répondit Georges-Henri d'un ton ferme. Ni l'un ni l'autre. Simple petit « commerçant » passionné de littérature !

— Vous me soufflez ! Je m'attendais à tout avant de vous rencontrer, mais sûrement pas à cela.

— Pourquoi ? Nous sommes des milliers de petits à avoir constitué un style de vie de cette manière ! Sauf que les médias, quand ils parlent de drogue, ils ne vous montrent toujours que les cages d'escalier dans des cités où ça craint… et des squats tagués, mais c'est loin de représenter la réalité de l'ensemble des trafics de drogue… sauf parfois, tout de même, quand on parle de quelqu'un de très médiatique comme un présentateur de télévision, un footballeur professionnel, une star… vous vous doutez bien que ces gens-là ne vont pas s'approvisionner dans un squat insalubre ou dans une cage d'escalier de ZUP…

— Non, effectivement. Et quelle est votre clientèle ?

— Cadres, artistes, employés de consulats, d'ambassades, hommes ou femmes d'affaires, stars, champions sportifs, des profs même, etc. etc.

— C'est à peine croyable !

— C'est pourtant ainsi… Je vous assure… Ce sont généralement des gens qui se retrouvent entre amis, comme s'ils faisaient une soirée punch antillais… Vous savez, l'herbe n'est pas plus dangereuse que l'alcool, prise modérément, bien entendu !

— Mais c'est de la drogue, tout de même !

— L'herbe n'est pas vraiment une drogue, elle apporte dans ces soirées un esprit plus communicatif, plus tolérant, moins agressif… Les gens sont plus heureux !

— Finalement, vous faites du social, vous êtes le marchand de bonheur !

— Là, vous vous moquez de moi… Mais que vous le vouliez ou non, d'une certaine manière, oui ! Vous croyez que c'est mieux de vivre hyperstressé, de marcher au Tranxène ou au Temesta ?

Nat, touchée sur cette position, vacilla, manquant véritablement d'arguments, mal préparée pour réagir. Si seulement Jo et Phil avaient été là… Et dans le même temps, elle était ravie de leur absence, car elle s'attendrissait devant ce jeune homme. Elle remarqua alors les traits de son visage très fin et ses mains délicates.

— Non, sans doute… Mais comment faites-vous avec votre argent ?

— C'est effectivement un problème. J'ai un compte bancaire pour recevoir, ce qui est le comble… disons, le minimum vital, je pourrais même aller aux Restos du Cœur… mais vous vous doutez bien que je n'y suis jamais allé, par contre, je tiens à percevoir le RSA ou l'équivalent, selon le nom du moment et du gouvernement en place, à cause de ma couverture sociale… Comme je ne peux pas tout mettre sur mon compte bancaire, je n'y verse que le strict minimum nécessaire pour ce que je ne peux pas payer en liquide. Je planque tout le reste à droite et à gauche, sur des comptes ouverts dans différentes banques avec des fausses pièces d'identité. Ainsi, j'ai un compte sur livret, Codévi, épargne-logement, assurance-vie. Seul mon ami et compagnon sait ce que j'ai et inversement, pour le cas où l'un ou l'autre viendrait à disparaître… C'est simple et discret, car on ne peut pas s'acheter une montre Cartier ou Rolex tous les jours, ni une BMW, ni manger deux steaks à la fois…

— Comment faites-vous pour le courrier ?

— J'ai deux adresses, l'une qui ne sert que de boîte aux lettres, où je ne vis pas, je ne fais qu'y ramasser mon courrier et le ranger. C'est une chambre minable, sous les toits, sans confort… L'autre, c'est mon appartement, où je vis et où je n'ai que le compte bancaire officiel et ma réelle identité. Entre les deux, rien ! Si bien qu'un jour, si je dois tomber, j'irai peut-être en prison, sans doute pas longtemps, et en sortant, je ne serai pas sans rien, ni en difficulté. Je suis très prudent… Double sécurité !

— Très bien organisé, à ce que je vois !

— Oui, mais ce n'est pas très difficile… L'avantage dans mon métier, c'est que j'ai du temps pour réfléchir !

— Justement, votre "travail", comme vous dites, il vous prend combien de temps par jour ?

— Disons en moyenne… à peu près deux heures. Oui, c'est à peu près ça ! Vous en connaissez beaucoup de boulots comme celui-là ? Comment voulez-vous que j'aille bosser dans une entreprise ensuite ? Moi, au moins, je profite de la vie, je peux me consacrer à mes loisirs : lecture, cinéma, musique, etc.

— En empoisonnant le monde, tout de même !

— Non ! Pas moi ! Je dirais même moins que le buraliste ou le bistrotier ! L'herbe n'a jamais tué personne en France, on ne peut pas en dire autant de l'alcool et du tabac !

— D'accord, mais il y a l'accoutumance, puis l'escalade vers des drogues plus dures !

— Pas vraiment. Par contre, l'alcool et le tabac font plus de morts et bien plus de dégâts !

— Vous me sidérez… Vous avez réponse à tout ! Je vous remercie de cet entretien. Vous voyez, je vais repartir perturbée, je n'avais jamais imaginé cette vision des choses, mais je reste persuadée que vous devez être un cas tout de même !

— D'une certaine manière, sans doute… Parce que j'ai su choisir ma clientèle, que je travaille uniquement dans le haut de gamme, vous savez, un peu comme pour les bars, il y a des bars chics et des bistrots à petits rouges servis sur le zinc !

— Sur un tout autre plan, connaissez-vous des dealers de drogue dure ?

— Pas vraiment. Je les ignore, ce n'est pas le même métier. Moi c'est cool, eux c'est hard, et à haut risque. Ils gagnent beaucoup plus, mais ce n'est pas le même monde…

— Vous pourriez m'en montrer ?

— Si vous voulez…

— J'aimerais bien.

— Dans ce cas, nous allons changer de quartier, je vais demander à Maxou de nous appeler un taxi. Je vous les montre de loin, mais je ne leur parle pas, à vous de voir ensuite, mais méfiez-vous, danger !

— O.K., merci, on y va.

— C'est la bonne heure, nous sommes juste en début de soirée.

Quelques instants plus tard, ils étaient assis à une petite table ronde, dans un bar douteux, près de la vitre permettant, de cette place, de voir à la fois à l'intérieur et à l'extérieur. Quelque chose de nouveau habitait Nat. Ce n'était pas réellement une douleur mais cela la tenaillait et l'angoissait à la fois. L'espace de quelques instants, elle regretta, véritablement cette fois, l'absence de Jo et de Phil, voire redouta le moment où Georges-Henri la quitterait. Ce dernier se trouvait mal à l'aise en ce lieu, il avait abandonné l'attitude qu'il affichait sur les Champs-Élysées.

— Il y a de nombreux petits dealers en ce moment, mais je voudrais vous montrer un dur…

— Tous sont dealers ici ?

— Non, quand même pas. Mais il y a de nombreux occasionnels ou de petits réguliers.

Puis il regarda dehors et posa sa main sur le bras de Nat.

— Tenez, là, dehors, le type qui se gare avec la grosse BMW coupé sport, voilà un dur, même très hard… Regardez comme il est nerveux, stressé. C'est le genre de mec qui se retourne sans arrêt, doit déménager sans cesse, va d'une cabine téléphonique à une autre et se sert de son portable comme s'il était accro à la cigarette, c'est-à-dire sans arrêt…

— Ah bon ?

— Lorsqu'il sort ou rentre chez lui, il doit commencer par faire trois fois le tour du pâté de maisons, il craint tout le monde… Les balances, les clients mécontents ou en manque et qui n'ont pas d'argent, les dealers concurrents, les voisins, la concierge, etc. Non, non, très peu pour moi !

— C'est un Nord-Africain ?

— Oui, comme cinquante pour cent de ceux qui vendent leur merde, quand ce n'est pas du crack ou une autre saloperie. Dans les prisons, soixante pour cent des détenus pour trafic de drogue sont des étrangers, avec une grande majorité de Nord-Africains. Avant, ils représentaient même quatre-vingts pour cent mais depuis l'arrivée des types qui viennent de l'Europe de l'Est, ça a changé, en fait, c'est la même chose que dans la petite délinquance ou les cambriolages dans les appartements ou maisons… Bien, je vais devoir vous laisser… Vous ne mettez ni mon nom ni mon prénom dans vos articles !

— Non, bien sûr ! Je vous appellerai « L'herboriste littéraire », ça vous va ?

— Très bien… C'est sympa ! Quand vous l'aurez fait… laissez-moi des infos, un exemplaire ou le magazine qui va le publier, en passant chez Maxou et vous prendrez la consommation qui vous plaît à cette occasion, j'en informe Maxou !

— Promis ! Bye.

Nat se surprit à le regarder partir, attendrie. Dehors, il faisait nuit à présent.

*

Moins d'une heure plus tard, une ombre attendait, de l'autre côté de la rue, presque en face du bar où Nat et Georges-Henri s'étaient quittés. Nerveux, le Nord-Africain regarda de chaque côté de l'entrée du bar, tout autour de lui, puis se dirigea vers son véhicule.

Rapidement, l'ombre s'était déplacée et arriva à la hauteur de la voiture. Le chauffeur avait entrepris des manœuvres pour quitter son stationnement en donnant sans cesse des coups d'accélérateur, faisant ronfler son moteur.

Une main frappa à la vitre, laissant apparaître des billets de cent euros.

Surpris, le chauffeur eut un geste brusque, comme s'il allait se saisir d'une arme dans la poche intérieure de sa veste, puis arrêta son mouvement et actionna l'ouverture automatique de sa vitre. Celle-ci à peine descendue, l'habituel canon muni d'un silencieux apparut et la puissance de la balle renversa la tête de l'homme sur le côté… Tué net…

L'ombre s'éloigna aussitôt alors que des passants marchaient sur le trottoir sans avoir rien remarqué.

Le mystérieux personnage accéléra son pas et tourna furtivement à la première rue, comme saisi par la désagréable sensation d'être suivi. Pourtant, il n'y avait personne. La silhouette s'engouffra dans le métro pour ressortir plus loin, monta dans une voiture et disparut dans la nuit.

*

Dans son studio, Jo avait tenté par tous les moyens de se calmer, de se déstresser. Après une longue douche très chaude, il s'était enfin détendu. À présent, le front appuyé contre le verre froid de sa grande baie vitrée, il regardait au loin, sans les voir, les lumières frémissantes de la ville, pareilles à des milliers de petites lucioles. Nat occupait son esprit tout entier… Il la voyait en permanence à travers de multiples images virtuelles.

Il ne put résister plus longtemps et trouva un prétexte quelconque pour entendre sa voix.

— Ça va ? Tu es rentrée ? Tout s'est bien passé ?

— Ah, c'est toi, Jo ? Oui, oui, figure-toi que j'ai rencontré un type plutôt extraordinaire.

— Vraiment ?

— Oui, oui, tu sais, le copain ou la copine de Maxou…

— Qu'avait-il de si extraordinaire ?

— Des tas de petites choses, je t'en parlerai plus en détail. Mais il m'a donné une autre image de la drogue, notamment de la drogue douce, et je dois reconnaître que, d'une certaine manière il n'a pas tort, l'herbe n'a jamais tué personne, je veux dire, contrairement à l'alcool ou au tabac !

— Eh là, eh là, ne me dis pas qu'il t'a convaincue, tout de même ?

— Non, bien sûr, mais il y a quelque chose. J'aimerais en parler avec toi, plus tard. Je voudrais prendre un peu de recul et avoir ton avis sur ce sujet, d'accord ?

— Bien sûr ! Que fais-tu à présent, tu bosses ?

— Oui, comme d'habitude, j'essaye de rentrer le maximum d'informations dans mon micro, pendant que c'est tout frais ! Tu m'as déjà appelée, avant ?

— Heueu, non, non, j'arrive à l'instant. Je suis resté au bureau pour me mettre à jour…

— Ah, très bien…

Un long silence suivit, chacun attendant que l'autre parle.

— Bien, je vais continuer… conclut enfin Nat. Merci d'avoir appelé, bonne nuit et à demain…

— Merci, à toi aussi et à demain.

Un silence suivit, Nat tarda à raccrocher. Elle resta un instant pensive et finit par couper la communication. Jo fut rappelé à l'ordre par la tonalité lancinante qui lui indiquait qu'il n'y avait plus d'interlocuteur à l'autre bout du fil. Après avoir conservé l'appareil en main quelques instants, il raccrocha à son tour.

Pour Jo, ce fut comme si Nat pénétrait en lui, comme si elle avait ajouté un message que nul mot ne pouvait exprimer. Quelque chose de nouveau l'habitait.

Phil vivait à cent lieues de tout ce monde, son amie Gwen lui rendait visite pour quelques jours et pour lui, ce n'était que du bonheur à croquer au quotidien…

Nat traversa son appartement pour venir rejoindre son ordinateur. Visiblement, elle savait donner du charme à un intérieur, le rendre reposant, chaleureux. Elle savait harmoniser les couleurs, les espaces, répartir les plantes. Sa présence elle-même semblait faire partie du décor.

Le voile qui enveloppait son esprit s'envola, elle se remit à l'ouvrage sans plus attendre. Bien plus tard, fatiguée, elle décida de s'arrêter, son horloge de bureau affichait déjà plus de minuit.

Lasse, après avoir sauvegardé son travail sur sa clef USB, les deux coudes sur le bureau, elle resta quelques instants pensive.

Ses yeux se posèrent sur la photo et elle revit la scène… Quand ils s'arrosaient tous les trois avec un jet d'eau sur la pelouse du jardin. Les éclats de rire et les images arrivaient encore jusqu'à elle…

Revenant à la réalité concrète, elle resta interdite, figée. Son menton fut parcouru par quelques frémissements et elle se mit doucement à pleurer…

VII. TOUT AVANCE… MAIS DOUCEMENT.

Les rangs étaient de plus en plus clairsemés dans la salle de conférences pour la réunion du matin. Chaque équipe suivait une piste et devait aller le plus loin possible dans ses investigations. Le chef distillait toutes les informations remontées jusqu'à lui, les absents découvriraient l'essentiel sous forme de résumé en courriel sur leur poste, en repassant à leur bureau.

— Selon vos premières synthèses respectives, nous avançons bien. Il est quasiment prouvé que tout tourne autour de Rungis qui semble être le point névralgique d'arrivée, pour un éclatement ensuite vers Lyon, Marseille, Bordeaux, etc. Ce qui est totalement surprenant…

Un intervenant fit quelques commentaires :

— C'est tout de même du jamais vu. Ou la drogue vient de Marseille, Lyon et arrive à Paris, ou elle descend du Nord et arrive à Paris pour repartir. Quelque chose nous manque dans le puzzle.

— Certainement, car elle doit bien venir de quelque part, cette merde. Elle ne tombe pas du ciel tout de même ! En parlant de ciel, nous avons fait mettre le zoom sur tout ce qui arrive par les airs, d'Orly notamment, mais aussi sur toutes les grandes plateformes de transit de la marchandise qui se rend à Rungis.

— C'est sûr, elle peut très bien venir par avion…

— Nous n'en savons rien, en tous les cas, le réseau est puissant et hyperorganisé. Mais nous avons un gros filet et, à mon avis, nous sommes partis pour faire mieux encore que des opérations comme Margarita, où soixante et une personnes avaient été arrêtées en même temps, plus les remontées sur l'île franco-néerlandaise de Saint-Martin. Vous vous souvenez des gars qui avaient squatté la maison des deux vedettes de la chanson française ? Les artistes avaient dû avoir la trouille d'ailleurs, mais ils n'y étaient pour rien…

— C'est bien une tonne de drogue qu'ils avaient récupérée, cette fois-là ?

— Oui, pas loin. Si ma mémoire est bonne, il devait y avoir sept cent dix-sept kilos. C'est à Villefranche de Louragais et Narbonne qu'il y avait plus d'une tonne ! Ah, autre chose, je vous demande de rentrer sur ordinateur la totalité de vos comptes-rendus, pour les recoupements, nous voulons faire tourner les logiciels de composition et d'intégration… Je pense que nous devrions aller assez vite maintenant… Autre info, peut-être sans rapport mais qui touche à la drogue : l'autre soir, un autre dealer s'est fait descendre. Même méthode, nous attendons la balistique pour voir s'il s'agit de la même arme.

Bizarre, tout de même… Voilà, rien de plus à ajouter pour aujourd'hui.

Tout le monde se leva et quitta la salle.

Jo et Phil, en discussion avec deux collègues, rejoignirent la machine à café, second lieu de réunion et de causerie de l'étage.

Nat resta seule et attendit le chef pour échanger quelques mots tandis que celui-ci terminait de ramasser ses affaires.

— Alors, Nathalie, tout va bien ?

— Oui, très bien. Je dirais même de mieux en mieux. J'avance vite, on m'aide beaucoup !

— Quand tu dis "on", tu parles de qui ? demanda le chef, d'un air amusé et souriant.

Nat baissa la tête, un peu gênée.

— Heu… Je… Je veux dire que Jo et Phil font le maximum pour m'aider.

Puis elle changea brutalement de sujet, reprenant un peu plus d'aisance :

— J'entendais parler tout à l'heure de dealers qui se sont fait descendre…

Le chef ne prit pas garde à l'attitude de Nat.

Désintéressé, il termina de ramasser ses affaires.

— Ah oui, ça arrive régulièrement. Au moins, ils ne viendront pas gonfler les prisons, surtout le dernier, c'était un vrai pourri, archifiché, trempé sans preuve dans une affaire dégueulasse de crack. C'était un meurtrier, alors, qu'il se soit fait descendre, ce n'est pas vraiment étonnant ! Ce qui m'intéresse ici, c'est de savoir s'il y a une bande concurrente qui s'installe. Le staff doit éliminer les gros intermédiaires pour piloter ensuite l'opération, car trois meurtres successifs et identiques… il n'y a plus de place au hasard…

— Il n'y en a pas eu d'autres ?

— Si, si, mais de la routine... Ou tout au moins ce sont des meurtres qui s'expliquent... Mais quoi qu'il en soit, comme je te disais, personne ne va les pleurer !

Nat rejoignit ensuite le bureau de Jo et Phil.

— Ah, Nat, nous sommes allés prendre un café, je t'en ai ramené un long, sucré... C'est bien ça ? lui lança Phil en posant le gobelet devant elle.

— Hum... Merci, c'est sympa.

— Voici aussi la nouvelle doc que je t'ai préparée, reprit Jo, tout en regardant ses comptes-rendus.

Nat regarda alors Jo comme elle ne l'avait jamais fait jusque-là, presque tendrement.

— Ouhaaa ! Tout ça ? Merci, c'est super... Je disais tout à l'heure au chef que j'avançais bien et vite, grâce à vous deux et toi en particulier, sur les supports... et que... le travail que nous faisions ensemble me plaisait beaucoup.

Jo s'arrêta net... et leurs regards se croisèrent. Un long silence suivit...

— Vraiment ? Tu parles sérieusement ?

— Oui, je t'assure !

— Tu entends, Phil ?

Ce dernier approuva de la tête, tandis que Jo poursuivait :

— Tu me fais vraiment plaisir, je te remercie... On continue sur la lancée, dans ce cas ?

— Hum... hum... À ce que je vois, il s'agit de l'aspect répression, interpellation, action... Tu veux bien m'en parler un peu ?

— Bien sûr. En ce qui concerne les interpellations, je ne suis remonté que cinq ans en arrière, mais je peux aller jusqu'à dix ans, si tu veux… Même chose, tu auras des tableaux, tu vois, ici, quarante-cinq mille interpellations dont environ cinq mille trafiquants, pour arriver ici à plus de quatre-vingt-cinq mille dont sept mille cinq cents trafiquants. Tu vois, il faut regarder les colonnes, elles distinguent trafiquants, usagers, usagers-revendeurs, etc.

— Je ne pensais pas qu'il pouvait y en avoir autant, et le chiffre va croissant…

— Tu vois que nous ne regardons pas les mouches voler, même si en ce moment, tu pourrais en avoir l'impression, du fait que nous n'arrêtons pas les petits. C'est un peu spécial ; on voudrait démanteler une filière aussi complète que possible, même si c'est dangereux de laisser faire. Car la multiplication des petits revendeurs fait craindre l'émergence d'une économie souterraine de la drogue dans certaines banlieues sensibles.

— C'est effectivement un levier, mais il n'y a pas que les banlieues sensibles, rétorqua Nat en pensant sans doute à son « herboriste »… En dehors de la France, que fait-on ?

— En fait, sur le plan mondial, la drogue est considérée à présent comme un fléau, ce qui n'a pas toujours été le cas, même récemment. Un fléau avec des conséquences humaines et financières catastrophiques, et il faut le traiter comme tel !

— Oui, mais concrètement ?

— Bien, déjà, les Nations Unies condamnent…

— Oh, les Nations Unies me déçoivent beaucoup, quand on a vu la Yougoslavie, le Rwanda, l'Irak, la Syrie en ce moment, et plus récemment encore, le Mali et toute l'Afrique centrale… Je crois que les trafiquants seront encore tranquilles un bon moment…

— Il ne faut pas dire cela, ce n'est pas si simple… Il faut mobiliser des moyens, décider de les traquer partout, les mettre au ban de l'humanité pour qu'ils n'aient aucun lieu de refuge, aucun asile au monde, de même pour le blanchiment des capitaux issus de la drogue, il faut prendre des mesures au plan mondial, même si actuellement les paradis fiscaux continuent à permettre le recyclage…

— Et en termes de résultat, qu'avez-vous obtenu ? Mine sceptique de Jo qui baisse le ton et hausse les épaules en signe d'impuissance.

— Le trafic et la consommation des drogues illicites progressent chaque jour de façon dramatique, au point d'être désormais incontrôlables…

— Alors que faut-il faire ? Dépénaliser ? Légaliser ? Libéraliser ? Tu sais, le petit dealer de Maxou l'autre jour, il m'a troublée quelque part. Non seulement il m'était sympathique, mais en plus il était très cultivé, vraiment. Il m'a presque convaincue qu'il fallait légaliser les drogues douces !

— Il n'y a pas de drogue douce ! réagit vivement Jo.

— Mais si… Comme l'alcool et le tabac, pris modérément…

— Bien sûr que pris modérément ce n'est pas dangereux, mais c'est le début d'un parcours qui évolue vers l'addiction pour celui qui y touche ! Pour l'alcool et le tabac d'ailleurs, combien de morts à l'arrivée, combien de vies foutues, combien de casse pour les familles, les enfants… Mais pour revenir aux drogues douces, exemple le cannabis, il faut savoir qu'il existe des cannabis très durs, avec un taux de principe actif à vingt ou vingt-cinq pour cent ! Avec dix joints de ce genre-là, on commence à avoir des conséquences sur le physique et sur le psychique. Vraiment, il vaut mieux trouver d'autres centres d'intérêt comme le sport, plutôt que de se laisser embarquer.

— En résumé, tu serais pour des sanctions très dures ou pour une dépénalisation ?

— La pression en faveur de la dépénalisation vient surtout des lobbies intéressés. En tout état de cause, tout le monde sait que celle-ci ne mettrait pas un terme aux grands trafics et on voit bien qu'un certain nombre de pays comme la Hollande, l'Espagne, qui avaient opté pour cela avec leurs boutiques permettant la vente libre, font marche arrière… Il est par conséquent difficile d'y répondre simplement, notamment au vu des exemples précédents !

— Comment ? Lesquels ?

— En 1919, aux États-Unis, c'est la prohibition ; en 1933, levée de l'amendement. Durant ces quatorze années de prohibition, ni l'alcoolisme ni la criminalité n'ont diminué de façon significative !

— C'est éloquent !

— Autre exemple, la défaite de la Chine dans la guerre de l'opium contre la Grande-Bretagne au XIXe siècle, la libéralisation du commerce des opiacés à la fin des années 1850. Principale conséquence, une explosion sans précédent de la consommation. Dix ans plus tard, on compte au moins vingt millions d'opiomanes dans ce pays !

— Vaste débat donc ! Sans compter sans doute, qu'à la base, des paysans en vivent dans certains pays, que ce soit par le pavot ou la coca.

— Bien sûr, mais il coûterait moins cher de les dédommager, comparé au coût en vies humaines représenté par le narcotrafic et la toxicomanie, non ?

— C'est vrai…

— Mais revenons à nos affaires locales et l'enquête qui nous occupe dans le moment. J'ai reçu à plusieurs reprises des documents sur Guardi et Galliardi…

— Et alors ?

— Notre promoteur a bien pris le bouillon comme beaucoup d'autres dans la chute des prix de l'immobilier… Il était même, a priori, sur le point de se casser la figure, et subitement, nous retrouvons plus de deux millions d'euros en compte-courant à la place des dettes de la banque !

— Et alors ?

— Zorro est ar… Non, excuse-moi, nous avons demandé plus de renseignements sur ces fonds, et nous avons eu la réponse juste avant que tu entres dans le bureau.

— Et alors ?

— Il avait un crédit court terme relais au Crédit Lyonnais, remboursé par plusieurs virements venus d'autres banques sur des ventes de parts de la société, semble-t-il réévaluées à outrance ! Du coup, le bilan financier tient à nouveau la route, avec des fonds propres confortables !

— Sauvé sur le fil du rasoir ! Mais suspect malgré tout, non ?

— Apparemment pas, tout se serait fait légalement aux dires du fisc quant au respect des procédures administratives et comptables, bien entendu. Vérifications faites, il aurait plus ou moins hérité du côté de son épouse d'un gros armement qui possède des chalutiers à Concarneau, dans le Sud-Finistère. Après le décès du beau-père, des actifs ont dû être réalisés par l'épouse pour sauver l'affaire, j'imagine, ou quelque chose comme ça…

— L'épouse était-elle fille unique ?

— Je ne sais pas… Tu vois, autant l'immobilier me branchait, autant là, un armement de pêche de Concarneau, je trouve que nous nous écartons du problème, à mon avis nous faisons fausse route…

— Peut-être… ou peut-être pas, qu'est-ce que tu décides ?

— Je ne sais vraiment pas. Nous nous apprêtions à aller voir le patron, nous lui demanderons ce qu'il en pense. Tu viens avec nous ?

— D'accord ! conclut Nat, tout sourire et sans se faire prier.

Ils se rendirent dans le bureau du chef et firent le point sur l'affaire Galliardi, et en annexe, sur Guardi.

— Voilà tous les éléments du dossier, du coup, nous ne le sentons plus tellement, qu'en pensez-vous ?

— S'il n'y avait pas ces jeux d'écritures avec réévaluation des parts sociales, je laisserais tomber. Mais réévaluer des parts de la sorte, alors qu'elles ont dû normalement plutôt baisser, ça surprend, non ?

— Pas forcément, elles pouvaient être très sous-évaluées, avant !

— Bien sûr !

— D'ailleurs, c'est souvent possible. Par exemple, une entreprise créée en SA au capital de trente-cinq mille euros, peut valoir, dix ans après, dix fois, voire cent fois plus !

— C'est vrai… Avez-vous demandé tous les états financiers sur l'armement de Concarneau pour faire une consolidation et voir d'où vient l'argent réellement ?

— Oui. Les recherches sont en cours, mais il faut trouver le nom de toutes les sociétés - et celui de leurs actionnaires - pour découvrir ensuite celles qui peuvent être considérées comme faisant partie du même groupe, même s'il n'y a pas de groupe de fait, officiellement j'entends…

— Dans ce cas, attendons les bilans pour aller plus loin, mais il ne faut rien négliger. Par l'ingénierie financière, nous décrochons souvent la timbale, je vous l'ai redit l'autre jour. Souvenez-vous de la Pizza-connection, des stations de lavage, etc. Les exemples ne manquent pas ! Et si l'immobilier est en crise, je pense que le monde de la pêche souffre aussi, avec la hausse du prix des carburants, les quotas européens, pour moi, ça doit être aussi difficile…

Puis, se tournant vers Nat :

— Les gros bonnets, nous ne pouvons pas les arrêter à partir des petits dealers de la rue. C'est par le blanchiment de l'argent sale, par le business, par des dépenses hors de proportion de leur réelle et officielle capacité que nous les coinçons. À un moment, il faut sortir le fric, et comme le plus souvent, ils veulent devenir des gens respectables, reconnus, ils veulent s'acheter une conduite, en général à partir d'une grosse affaire avec pignon sur rue, certains veulent même devenir notables !

— Si je comprends bien, deux mondes coexistent : celui qui occupe le dernier étage du building, qui ne touche pas à un gramme de drogue, mieux, il ne sait même pas ce que c'est! La main sur le cœur, les yeux dans les yeux, du genre « moi jamais! » comme certains hommes politiques… Mais c'est lui qui tient toutes les ficelles en main et s'enrichit à vitesse grand V ; et tout en bas, au troisième sous-sol, des petits revendeurs, dont un pour cent monte les étages et les autres sont à moitié paumés entre eux, avec des tas d'organisations qui se font et se défont en permanence, une fourmilière qui s'active et qui, la plupart du temps, écope!

— C'est à peu près ça!

Le commissaire s'adressa cette fois à Jo et Phil:

— Continuez les indics pour l'instant, en essayant de voir un peu plus ce qui se passe sur Rungis.

— Hum, hum…

Jo et Phil baissèrent la tête, un peu déçus de ne pas pouvoir avancer davantage.

Dans leur bureau, la morosité l'emportait. Nat était contrariée pour ses coéquipiers.

— C'est contrariant, je le comprends, mais vous allez continuer, vous allez découvrir des trucs!

— J'espère… Mais en attendant, c'est chiant…

Le téléphone sonna à cet instant précis.

— Jo Reuilly… Oui… Hum… Oui, j'écoute… Et tu l'as vu? Tu peux m'en parler un peu? Bon, bon, comme tu veux (il regarde sa montre) dans une demi-heure, c'est possible… Où? Dans la brasserie, oui, oui, je vois dans l'angle, d'accord… Si tu veux… D'accord… J'arrive… Non, non, mais j'attendrai s'il le faut… Oui, à tout à l'heure.

— Que se passe-t-il? Un tuyau? demanda Nat.

— Mieux que ça, et pour toi un supercadeau!

Comme journaliste, tu vas assister à une délation en direct, un scoop de première main, intéressant, non ? Allez, c'est parti !

Dans la voiture, ils avaient retrouvé leur allant habituel. Phil était attentif à la conduite, tandis que Jo entretenait le suspense à loisir. Ils arrivèrent peu de temps après dans une brasserie d'angle, dans un quartier très agréable de Paris.

Nat ne put s'empêcher de faire remarquer :

— C'est fou comme l'ambiance change vite avec vous !

— Tout va au rythme des choses qui se font ou se défont ! Là, nous allons t'offrir en direct, une super-info !

— Que va-t-il vous dire ?

— Tu vas voir, ne sois pas si pressée ! Tiens, le voilà qui arrive, justement.

Un homme de vingt-cinq ans environ, brun avec des mèches vertes, bleues et blondes, grand, tenue plutôt excentrique, passa devant la vitre de la brasserie à deux reprises avant de se décider à entrer. Dès la porte franchie, il chercha Jo et Phil des yeux. Jo se leva pour lui faire signe. L'homme le reconnut et sourit discrètement. Il ferma la porte et avança vers la table. Ils se levèrent tous les trois, Nat et Phil se retournèrent pour le voir, quand soudain, il s'arrêta net, figé… Il regarda autour de lui comme un animal pris au piège, recula, doucement d'abord, puis fit demi-tour et sortit précipitamment de la brasserie…

— Merde, mais qu'est-ce qu'il lui prend ? Il est con ou quoi ! s'exclama Jo en se ruant aussitôt vers la porte.

Il sortit sur le trottoir, mais l'homme avait déjà disparu au loin. Déçu, Jo revint à la table où Phil et Nat l'attendaient. Elle ne put s'empêcher de le charrier :

— Alors, ce scoop ?

— Ben ça, c'est pas mal, bon Dieu, mais qu'est-ce qu'il lui a pris ? Il a certainement vu quelqu'un ou quelque chose de particulier dans la brasserie et il a pris peur. Ces gars-là vivent en permanence dans l'insécurité.

Jo et Phil jetèrent un regard circulaire dans la brasserie.

— Mais que voulait-il vous dire ? Jo, tu peux bien m'en parler, maintenant.

— Il prétend avoir aperçu le meurtrier du dernier dealer…

À ces mots, Nat fut parcourue par un frisson.

— Ah ? Et alors… Il a vu… toute la scène du crime ? demanda-t-elle avec effroi.

Contrariés, Jo et Phil continuaient à passer en revue chaque table pour tenter de repérer ce qui avait pu effrayer l'indic…

— Tu te rends compte, il allait nous filer le signalement et le numéro d'immatriculation de la bagnole du meurtrier !

Il remarqua alors l'air anxieux de Nat.

— Quelque chose ne va pas ?

— Non… Je ne me sens pas bien, excuse-moi, je vais aller aux toilettes pour me rafraîchir.

Elle se leva et quitta la table.

Quelques minutes plus tard, elle revint prendre place en face de Jo assis à côté de Phil. Un long moment, Jo l'observa en silence, comme s'il cherchait dans ses yeux une quelconque réponse. Peu à peu, les couleurs revinrent sur le visage de Nat.

— Ça n'a pas l'air d'aller fort, on dirait !

— Non, je ne suis pas très bien…

— Je ne savais pas. Il fallait nous le dire. Ne restons pas ici, prenons l'air et nous te ramenons ensuite chez toi.

— Non, non, simplement à ma voiture, ça ira.

— Comme tu veux.

Ils marchèrent quelques instants, côte à côte. Jo réalisa que c'était la première fois qu'ils restaient silencieux pendant plusieurs minutes !

Ils revinrent au bureau en voiture.

— Je pense à une chose, j'en parlais avec Phil avant ton arrivée et nous avons vu le patron, il est d'accord. Finalement, et du coup ça tombe bien, nous allons faire un petit break de quelques jours. Ce ne sera pas plus mal. Toi, pour ta santé, et moi, pour prendre un peu de recul par rapport à l'affaire tandis que Phil reçoit en ce moment aussi son amie Gwen. On est jeudi, je vais rentrer ce soir.

— Mais tu m'avais dit que tu ne rentrais que vendredi soir, c'est-à-dire demain.

— C'est vrai, mais en discutant avec Phil, j'ai changé d'avis. Et puis… Il resta songeur, dans le vague.

— Et puis ?

— Nous devons attendre tous les éléments sur Guardi et consorts. Nous ne pouvons pas avancer beaucoup pour le moment… Nous avons tous les deux pas mal de jours de repos à récupérer et de congés à prendre… Nous reviendrons lundi ou mardi… Jo se tourna vers Phil : Gwen repart quand ?

— Lundi.

— D'accord, c'est bien ce qui me semblait. Jo se tourna alors vers Nat : tu seras chez toi, lundi matin ?

— En principe, oui… Il n'y a pas de raison.

— Très bien, je t'appellerai…

Ils firent le reste du trajet dans un mutisme le plus complet, chacun à ses pensées.

— Voilà, rentre vite chez toi, repose-toi bien… Je t'appelle lundi matin !

— D'accord… dit Nat en affichant un pâle sourire.

Jo et Phil se retrouvèrent au bureau, traitant la partie administrative du dossier. Mais ils s'arrêtèrent à plusieurs reprises en reparlant de la scène de la brasserie… Quelque chose clochait avec cet indic. Il faudrait reprendre contact avec lui, mais dans un endroit plus discret, cette fois.

Et Nat… Sans doute avait-elle été impressionnée par cette histoire et la peur panique de l'indic. La violence d'une microsociété, pour elle jusqu'alors inconnue.

Jo continua son travail et l'image de Nat rieuse, gaie, volubile, lui revint en mémoire. Il donna libre cours au bonheur virtuel de ses pensées.

Phil ne pensait qu'à Gwen et était vraiment très heureux de pouvoir rester avec elle quelques jours, cette situation était inespérée pour eux deux… Il mettait les bouchées doubles pour renseigner les fichiers comme le SALVAC (Système d'Analyse des Liens de la Violence Associée aux Crimes) ou l'OCRVP (Office Central de Répression des Violences aux Personnes) et bien d'autres encore…

Ils ramassèrent leurs affaires vers dix-huit heures et s'en allèrent.

Quelques instants plus tard, Jo au volant de sa voiture quittait Paris.

VIII. PIÈGE D'ORDRE PRIVÉ

Jo prit la route de son domicile. Les quatre-vingts kilomètres qui l'en séparaient encore furent propices à la réflexion. Il pensait à cette maison où sa famille ne l'attendait pas vraiment, son épouse serait-elle là ? Le fossé entre eux s'était creusé, ces dernières années. S'aimaient-ils encore vraiment ? Il ne le savait plus.

Jo avait tellement cru à ce qu'il faisait, à son travail, à cette lutte acharnée qu'il menait contre la délinquance, les déviances… Et les enfants grandissaient tellement vite…

Les premières villas du quartier résidentiel étaient en vue, puis sa maison, coquette, douillette… Le portail était ouvert, il s'engagea dans l'allée devant le garage accolé à la maison. Il faisait nuit, une fenêtre laissait passer la lumière, signe d'une présence. Une Twingo était garée sur le trottoir, celle de sa fille.

Il resta quelques instants sans bouger, au volant de sa voiture, pensif, mais en réalité incapable de réfléchir. Il se décida à entrer, visiblement sans enthousiasme. La cuisine était vide.

Quelqu'un descendit précipitamment l'escalier. Une jeune fille apparut, c'était Isabelle. Brune, cheveux mi-longs, tenue décontractée mais correcte.

— Papa ! Mais, je croyais que tu ne rentrais que demain !

— Eh bien, ça fait plaisir de voir qu'on n'est pas attendu ! lui dit-il avec un large sourire et en lui ouvrant les bras.

Elle vint aussitôt lui faire la bise et se blottir quelques instants contre lui.

— Ton frère n'est pas là ?

— T'entends pas la musique ?

Elle fit un signe de la main vers l'étage pour appuyer ses paroles.

Il était possible d'entendre très nettement une musique moderne, rythmée, dont les basses ressortaient, donnant une impression de répétition perpétuelle de coups sourds.

Le son s'arrêta brutalement et une porte s'ouvrit avec vivacité, se referma en claquant, bruit de pas et descente précipitée dans l'escalier. Une voix attaqua dès le haut de l'escalier :

— Isa, tu t'grouilles, j'suis prêt !

Un jeune homme, mince, brun, en tenue sport déboula dans la cuisine, et s'arrêta net, sans voix, surpris…

— Mais t'es là ?

— Non ! répondit Jo en riant.

Ils se firent la bise, puis Jo intervint :

— Vous sortez, on dirait, ou je me trompe ? Isa répondit, craintive :

— Je dépose Fab chez un copain, où il restera dormir ce soir. Il partira au lycée de chez lui demain. Moi, je vais rejoindre deux copines en ville et je reste aussi chez l'une d'entre elles, tu sais, Stéphanie…

— Hum, je vois…

Jo affichait un petit sourire moqueur qui en disait long. Pour ne pas mettre les enfants mal à l'aise plus longtemps, il fit une diversion :

— Maman n'est pas là ?

— Elle nous a dit qu'elle sera tard, une réunion au bureau, un pot après et je crois qu'ils vont tous au restau ensuite… Bon, je vais me préparer.

— Vous avez mangé ?

Mais déjà Isabelle gravissait l'escalier.

— Oui, oui. Il doit même y en avoir assez pour toi, dans le frigo…

Elle était déjà rendue dans sa chambre. Fabien s'activait à fermer son sac de sport et préparer son porte-documents.

Quelques instants après, des portières claquèrent et la Twingo démarra en trombe, laissant Jo seul dans sa grande maison désormais plongée dans le silence le plus absolu.

Il s'installa dans la cuisine, alluma machinalement le téléviseur et il sortit du réfrigérateur de quoi se sustenter, mais n'avait visiblement pas d'appétit. Il grignota un peu et repoussa son assiette pour finalement n'avaler qu'une pomme. Les enfants, en l'absence du père et sans doute aussi beaucoup de leur mère, avaient organisé leur vie…

Il baissa sensiblement le son du téléviseur au point de ne plus rien entendre, et resta songeur, les yeux dans le vague. Il regarda sa montre : vingt et une heures. Cette fois, décidé, il se leva, débarrassa la table et sortit.

Au volant de sa voiture, il se rendit devant un bâtiment administratif d'usine. Son regard se porta sur la plaque « Bureaux » et sur le parking désert à cette heure. Aux dires de son épouse, elle devait avoir une réunion au bureau puis prendre un pot avant de quitter les lieux, pour éventuellement se rendre en groupe dans un restaurant.

De moins en moins dupe des alibis fantaisistes de son épouse, il voulait savoir si tout ceci était exact. L'occasion lui en était donnée ce soir, puisqu'il n'était pas censé rentrer.

Il hésita encore, partagé entre la confiance et le doute, pensant également à ses deux enfants... Mais il était las de cette situation et de cette distance qui ne cessait de croître entre lui et son épouse.

Après avoir longuement réfléchi, il saisit son radio-téléphone professionnel, puis se lança. Cette fois, les dés étaient jetés et, dorénavant, il devrait assumer les conséquences de son geste. Il demanda alors à des collègues de la police locale, par le biais des patrouilles en circulation, de repérer un véhicule, sans dire qu'il s'agissait de celui de son épouse.

Jo commença néanmoins à tourner en ville, attentif aux Audi A3 rouges, des coupés sport, peu nombreuses, heureusement. Il dut s'arrêter une fois seulement pour vérifier une plaque d'immatriculation.

Une demi-heure plus tard, toujours trop longue quand il faut attendre, la voiture était localisée. Il se rendit alors à l'endroit indiqué et se gara sur un parking près d'une belle petite auberge de sortie de ville. Il vint jusqu'à l'Audi pour vérifier la plaque, puis rentra rapidement chez lui pour récupérer le double des clefs, et revint sur le parking du restaurant, dissimulé dans une zone sombre. Son attente commençait, l'horloge de bord affichait vingt-deux heures trente-quatre.

Plusieurs allées et venues se succédèrent pendant la soirée. À vingt-deux heures cinquante-huit, un couple sortit de l'auberge en riant. Jo se redressa aussitôt, il venait bel et bien de reconnaître son épouse en compagnie d'un homme. Ils se taquinaient et s'embrassaient comme de jeunes amoureux en se dirigeant vers la voiture.

Ils restèrent enlacés quelques instants, appuyés contre la portière, côté chauffeur. Elle allait conduire, puis se ravisa. L'homme prit le volant et la femme contourna la voiture et vint se blottir contre le chauffeur avant le démarrage qui se fit un peu attendre.

Jo les suivit à distance ; retour vers le centre-ville. Se dirigeaient-ils vers son domicile ? Il le crut un instant, la direction empruntée étant la même. Mais l'Audi A3 bifurqua et, un peu plus loin, vint s'arrêter devant un immeuble résidentiel assez luxueux. Les deux amants sortirent de la voiture en plaisantant et pénétrèrent dans l'immeuble avant de disparaître.

Jo attendit quelques minutes, sortit le double des clefs de l'Audi A3, s'installa dans la voiture qu'il ramena chez lui. Il la rangea dans le garage. Il appela alors un taxi pour aller récupérer sa voiture, restée non loin de l'immeuble du délit. Il la stationna ensuite juste devant la porte du garage, de telle façon qu'il était impossible de l'ouvrir de l'extérieur.

Ce marathon l'avait quelque peu stressé. Il s'installa au salon et se calma. Il décida ensuite de téléphoner et appela le portable de son épouse.

— Allô ? C'est toi ? Hum, hum, c'est Jo, ça va ? Oui, oui, j'ai eu les enfants, ils m'ont dit qu'ils sortaient et ne rentreraient pas et que tu serais sans doute très tard… Non, non, je ne suis pas au studio, je suis rentré… Non, non, prends ton temps, finis tranquillement ta soirée avec tes collègues… Oui, c'est ça… Non, mais je trouverai bien quelque chose au frigo ou dans le placard… Non, prends tout ton temps… Oui, à tout à l'heure, bisous.

Cette fois, il se détendit complètement. Il venait de réussir quelque chose qu'il n'avait pas réellement préparé à l'avance. Il avait le sentiment d'être trompé par son épouse depuis longtemps et avait souvent pensé mettre un terme à cette situation qu'il vivait si mal.

Il s'était servi un Perrier, les mains croisées derrière la nuque, les pieds sur la petite table de salon. Il était prêt pour l'accueil et tenta d'imaginer ce qui allait se passer. Le téléviseur diffusait des images qu'il ne regardait pas. Il était un peu plus de minuit lorsque le téléphone sonna. Il laissa sonner de nombreuses fois avant de décrocher.

— Allô, Jo, t'étais couché ?

— J'y allais à la seconde !

— Il m'arrive une tuile !

— Quoi, t'as eu un accident ? Tu as été contrôlée par la police ?

— Non, non… On m'a volé ma voiture !

— Zut alors ! Où es-tu ? Je vais te chercher.

— Non, non ! Ce n'est pas la peine, nous quittons tous le restau, un collègue se propose de me ramener, j'arrive !

— Bon, comme tu veux, dans ce cas, je vais t'attendre.

Jo était très embarrassé. Quelle attitude devait-il adopter ? Celle qui le poussait à aller jusqu'au bout, ou celle qui lui faisait déjà regretter son geste. À ce moment précis il luttait, seul, dans cette bataille intérieure.

Il surveillait la rue. Une BMW noire, série 5, s'arrêta silencieusement devant le petit portillon du jardin. Jo alluma à l'extérieur et vint se mettre dans l'encadrement de la porte d'entrée. Il fit un signe à sa femme qui sortait de la voiture.

— Dis à ton collègue de venir prendre un pot à la maison ! dit-il d'un ton très enthousiaste.

Avant de refermer la porte de la voiture, elle se baissa pour parler au chauffeur, puis referma la porte et la voiture s'en alla aussi silencieusement qu'elle était arrivée.

— Non, il est tard, il préfère rentrer se coucher !

L'épouse de Jo arriva devant l'entrée de la maison. Elle avait la quarantaine également, de taille moyenne, mince et un visage charmant.

Elle était visiblement mal à l'aise, la démarche mal assurée, le regard fuyant. Elle tendit la joue en passant devant Jo, sans toutefois exprimer le moindre sentiment, et entra.

Elle s'enfonça dans des explications hasardeuses et mensongères. Jo laissa faire et finit par demander :

— Tu as bien les papiers de ta voiture ?

— Heu, oui… oui, bien sûr. Je vais les sortir pour demain, car il faut que j'aille porter plainte… Et toi, ça va ? Tu ne devais rentrer que demain, non ?

— C'est vrai, mais j'attends des renseignements sur la grosse affaire en cours et comme j'ai des jours de récup, je suis rentré. Je ne repars que lundi matin, en principe… Et toi, ça va ? Le boulot marche bien ? Vous avez l'air d'être une bonne équipe, parce que vous sortez assez souvent, non ?

— Oui, c'est super ! Mais nous bossons dur également, tu sais, on nous demande toujours plus avec moins de moyens, alors il faut de temps en temps décompresser et resserrer les liens dans les équipes.

Elle regarda alors plus précisément son époux et fut surprise, tant il la fixait et semblait attentif à la moindre de ses réactions.

— Qu'y a-t-il ? Je te trouve bizarre, aujourd'hui.

— Non, pas du tout. Je te regardais et je suis surpris. Je te croyais très attachée à cette voiture et tu ne me donnes pas l'impression de quelqu'un de particulièrement affecté, je me trompe ?

— C'est la police qui se met en action ?

Elle tenta un faible sourire en forme de rictus.

Jo avait de plus en plus de mal à se contrôler, et dans le même temps, il ne voulait pas nécessairement trop enfoncer son épouse. Il avait subitement un peu mal pour elle et n'était pas très fier de ce qu'il venait de faire. Mais l'assurance qu'elle conservait et les mensonges qu'elle débitait le poussèrent à aller jusqu'au bout. Jo commença à la mener à la faute par des questions harcelantes, au point de l'intriguer véritablement.

— Quand je te regarde, quand je t'écoute, j'ai comme l'impression qu'il y a quelque chose qui cloche chez toi…

Elle prit un air désintéressé, presque hautain.

— Écoute, moi, les énigmes ou les états d'âme de la police, ce n'est pas mon fort. La journée a été suffisamment difficile comme ça, il est tard, je vais me coucher. Comme tu es là jusqu'à lundi, on aura tout le temps d'en reparler. Bonne nuit!

Elle se leva pour quitter la pièce tandis que lui affichait un sourire un peu mesquin.

— Dommage! Je suis sûr que…

— Qu'est-ce qu'il t'arrive à la fin!

— J'ai une surprise pour toi! répondit Jo, adoptant cette fois un sourire charmeur pour décontenancer totalement son épouse.

Elle revint dans la pièce près de son mari, un peu perturbée par son comportement. Lui voulait-il du bien ou du mal? Elle était incapable de le discerner, son esprit était beaucoup trop embrouillé.

— Quel genre de surprise?

— Je ne sais pas, tout dépend si tu veux aller au lit ou si tu veux le savoir tout de suite, à toi de voir!

— J'suis fatiguée, j'ai hâte d'aller me coucher… Mais, dis toujours!

— Dans ce cas, va voir au garage et on en parle après, d'accord?

— Au garage?

— Oui, oui, vas-y, je t'attends ici.

Sans un mot, elle se dirigea directement vers la cuisine pour accéder au garage. Le visage de Jo était fermé, tendu, les trois coups allaient être frappés avant l'ouverture du rideau…

L'épouse revint sans un mot, visiblement effondrée, très choquée, les yeux perdus dans le vague… Elle se laissa tomber sur le divan du salon.

— Co… Comment as-tu fait ça?

— Comment j'ai fait quoi?

Face à la rudesse des mots de Jo, elle fondit en larmes, la tête entre les mains.

— Fin du premier acte, dit-il très calmement. Si tu me racontais… Je suis sûr que tu as des choses à me dire… Différentes des sornettes que tu as voulu me faire avaler tout à l'heure.

Elle pleurait de plus en plus.

Jo commença alors, inquisiteur :

— Ça dure depuis longtemps ?

Redoublement des sanglots, la tête toujours entre les mains pour éviter le regard de Jo.

— Sans beaucoup me "tromper", si j'ose dire et sans jeu de mots, j'imagine que cela doit bien faire deux ans, au moins, c'est-à-dire depuis que tu m'as, pour être gentil… je vais dire "conseillé", dans « mon » intérêt, bien entendu, de prendre un studio près de mon travail, pour éviter la route aux heures indues ! C'est bien ça, n'est-ce pas ?

Pas de réponse, seulement des reniflements.

— En ce qui me concerne, ça suffit pour ce soir… La nuit porte conseil. Et comme tu voulais aller dormir, je te propose de prendre la chambre… Moi je reste dans le canapé ou dans une chambre des enfants. Demain, on en reparlera.

Elle releva la tête, implorante, et le regardant pour la première fois dans les yeux.

— JJJo… Jo…

— À demain, conclut Jo, très dur. Il se leva et quitta la pièce.

*

Jo était allongé sur le lit de sa fille, les doigts croisés sous la nuque, les yeux grands ouverts. Il repassait le film de la soirée sans arrêt dans sa tête, avec cette vision permanente de son épouse heureuse dans les bras de son amant. Depuis combien d'années n'était-elle plus ainsi avec lui ?

Il ne vit pas passer les heures, tant son esprit restait vif et actif.

Lorsqu'il tentait de fermer les yeux, un sentiment de révolte grandissait en lui… Contre cette existence qu'il menait depuis plus de deux ou trois ans à présent.

Il tenta de s'interroger, de s'analyser, mais jamais il n'avait ressenti avec autant de force cette impuissance. Pouvait-il continuer ainsi sans réagir, accepter que s'éternise un état dans lequel il se sentait diminué, inférieur à lui-même ?

Le cauchemar dans lequel on l'avait enfoncé ces dernières années le brisait chaque jour davantage. À présent, curieusement, une force nouvelle l'habitait. Comme s'il se débarrassait de liens qui l'enserraient depuis trop longtemps, il respira longuement, détendu, fermant un instant les yeux.

Ce fut le visage de Nat qui apparut, souriant. Qui était-elle réellement, oserait-il l'approcher davantage ? Trop de pensées confuses, de réticences et d'émotions en lui l'en empêcheraient, et l'enchantement de quelques secondes s'évanouissait.

Il s'était endormi, et ce fut la clarté du jour qui le réveilla. Tout d'abord, il ne bougea pas ce corps un peu engourdi… Mais son esprit lui rappela la situation et se mit en route et il sentit qu'il avait retrouvé l'énergie nécessaire pour franchir, une dernière fois, le pas qu'il n'avait que trop longtemps retardé.

Il descendit au salon et se servit un jus d'orange, quelques instants après, son épouse arriva, visage défait, abattue, enveloppée dans une robe de chambre. Elle parla la première.

— Tu veux du café ?

Il resta silencieux et ne répondit pas à la question.

— Alors !

— Alors ? redemanda-t-elle.

Elle prit un ton un peu narquois qui arrangea bien Jo sur le moment.

— Alors, je vais commencer par me faire un café, puis ma toilette et après, si tu veux, on cause ! J'ai téléphoné au bureau… J'ai pris ma matinée.

Ce fut un long monologue de Jo. Il exprima les frustrations de ces dernières années. Quand vint le temps de conclure, il insista sur la souffrance qu'il avait endurée par manque d'amour et annonça qu'il envisageait une séparation définitive, à court ou moyen terme.

Elle écoutait silencieuse et des larmes coulaient sur son visage. Elle vint alors se jeter, en pleurs, au cou de Jo. Il resta de marbre.

— Pardon… Jo, pardon… pardon…

Jo l'écarta doucement et se décala un peu.

— Je vais dorénavant vivre dans mon studio. Je te demande de dire aux enfants que je viendrai leur parler. Je serai toujours là pour eux, à leur côté. Quand tout le monde sera sur la même longueur d'onde, on cherchera un avocat et on tâchera de faire les choses proprement pour divorcer…

Redoublement des pleurs de l'épouse terriblement choquée, incapable de parler.

— Je monte prendre le maximum d'affaires… Il quitta la pièce et se retourna.

— Ah, si, une précision… Il y a parfois des amis ou amants qui peuvent être de mauvais conseil, par exemple, en inversant les rôles et en prétendant que j'ai abandonné le foyer ou je ne sais quoi d'autre. Pour ton information, deux personnes assermentées m'accompagnaient dans notre suivi nocturne. Elles ont établi un rapport sur les faits constatés ce soir, lorsque vous sortiez du restaurant en riant et en vous embrassant, contre la voiture, lorsqu'il a pris le volant et que tu es ensuite venue te blottir contre lui, etc., etc. Des photos ont été prises. Je n'ai nullement l'intention de m'en servir, et je te l'ai dit, je veux une séparation propre. Mais tu m'as tellement pris pour un imbécile que je ne voudrais pas, en plus, écoper au final et entendre dire que j'étais le mauvais mari et le mauvais père !

Tandis qu'il faisait ses valises, il entendait son épouse en bas qui pleurait, s'arrêtait, semblait se calmer et repartait à nouveau, reniflant et se mouchant sans arrêt.

Elle était dans la salle de bain quand il termina de remplir sa voiture. Pour éviter les lamentations de sa femme qu'il supportait très mal, malgré un calme apparent, il rédigea simplement un mot sur la table de la cuisine : « Parle aux enfants. Je te fais encore confiance pour cela, ne me déçois pas. Je compte sur toi. À bientôt. »

Jo passa le reste de la journée à organiser sa nouvelle vie dans son appartement. Il acheta et monta un meuble de rangement, des étagères et une penderie.

Il voulut ensuite travailler sur son ordinateur, mais il fut incapable de faire quoi que ce soit. Les nerfs tombaient, il se sentit las et préféra se coucher.

Très vite, les choses commencèrent à s'embrouiller. Il se disait que rien n'était arrivé… Était-ce une réminiscence juvénile, un piège de l'esprit ? Il réalisa qu'il était là, avec ses quarante ans passés et une vie de soucis et de fatigue quotidienne… Il comprenait que sa femme soit déçue, qu'elle en ait eu marre par moments de ses horaires tordus, de cette vie… Il comprenait… Il comprenait. Mais il devait à présent considérer l'avenir, et lui seul… L'ambiguïté de la vie… Vivre aujourd'hui pour demain, avec le poids du passé sur les épaules.

Jusque-là, il avait fait front, se faisant illusion à lui-même. Mais il se sentait à présent envahi par une impression de fragilité. Il avait même du mal à contenir l'émotion qui le gagnait, cette envie qu'il avait de se laisser aller… Quelque part, il était heureux de cette faiblesse retrouvée.

Ensuite, comme pour se rassurer, il imagina, avec un enthousiasme passager, qu'une nouvelle vie commençait, joyeuse, avec de nouveaux projets qui l'accapareraient tout entier. Ceci eut le mérite de l'emporter dans un profond sommeil.

Le lendemain, samedi matin, il décida de rejoindre son bureau et voir si des informations étaient tombées sur Guardi et Galliardi.

Il venait d'ouvrir les fonctions de son poste informatique lorsque le téléphone sonna. Le chef avait appris qu'il était là, il le demandait.

Le chef attendait Jo, assis à sa place, bien calé dans son siège, un peu éloigné de son bureau.

— Alors, Jo, que se passe-t-il ?

— Comment… sur l'affaire ?

— Non, tu le sais très bien…

— C'est-à-dire ?

— Écoute… D'abord cette mascarade dans ta ville avec les collègues pour localiser une voiture ! L'adjoint au commandant de la brigade, que je connais très bien, m'a appelé pour savoir quelque chose, d'abord, j'ai cru que tu voulais faire un solo sur l'affaire en cours. Je vérifie et je découvre qu'il s'agissait de la voiture de ta femme ! Alors, dis-moi un peu, que t'arrive-t-il ?

La surprise et le choc passés, Jo comprit qu'il devait s'expliquer. Au fond, c'était mieux ainsi, il préférait évacuer plutôt que de ronger son frein.

Il baissa la tête et resta un instant sans voix, avant de lâcher :

— C'est fini…

— C'est fini quoi ?

— Ma femme…

Le chef fit un bond et se rapprocha de son bureau, subitement inquiet.

— T'as pas fait de conneries, au moins ?

Il lui raconta alors tout ce qui s'était passé dans le détail. Ils échangèrent longuement sur le sujet, mais toute discussion était sans intérêt pour Jo, cela ne changerait rien à sa décision.

Le dimanche, il se réveilla, seul dans son studio. Il réalisa qu'il n'avait jamais passé de week-end dans ce logement lorsqu'il était de repos. Il enfila son jogging et décida d'aller courir au jardin public, non loin de là. Une douche réparatrice, un bon petit déjeuner et Jo reprit avec un peu plus d'enthousiasme les dossiers pour Nat.

Lundi matin, de bonne heure, il se présenta devant la porte vitrée à commande électrique d'un immeuble cossu. Il y pénétra en même temps qu'un couple de locataires. Il s'attarda devant les boîtes aux lettres et trouva… *Segry Nathalie. Troisième étage, droite.*

Il sonna à la porte, Nat ouvrit, très surprise.

— Ah ! C'est toi. Mais tu n'as pas sonné en bas ?

Il était intimidé, il avait tellement voulu venir la voir, peut-être la surprendre et là, à présent, il regrettait cette incursion dans la vie privée de Nat.

— Non, j'ai profité de la porte en même temps que des personnes qui entraient. Tu vas mieux ?

Tout aussi intimidée, presque gauche, elle répondit :

— Oui, oui, ça va… As-tu passé un bon week-end ?

— Hum, hum…

Il avait un air très ennuyé. Ils restèrent ainsi quelques secondes, immobiles, sans rien dire…

— Je ne te dérange pas ? Je m'inquiétais…

Elle esquissa un sourire.

— Non, non… Merci, c'est gentil. Je travaillais avant de t'appeler pour savoir si je te rejoignais, puisque tu ne l'avais pas fait… Entre quelques instants, si tu veux… finit-elle par lui dire.

Jo ne se fit pas prier.

— Merci ! Mais je ne fais que passer…

Nat referma la porte et, de la main, lui fit signe d'avancer…

— Va t'asseoir… Je t'offre quelque chose ? Café, bière, jus de fruit…

— Café !

Nat se dirigea aussitôt vers la cuisine, et il l'entendit s'affairer. Jo ne s'assit pas et regarda autour de lui, à la fois curieux de découvrir l'intimité de Nat et gêné de cette intrusion. Au lieu d'aller au salon, il se dirigea vers la table de la salle à manger où se trouvait l'ordinateur. Des notes étaient étalées sur la table. Ses yeux s'arrêtèrent sur la photo… puis sur des textes qu'il reconnut, tandis qu'il tentait de lire à l'écran. Nat arriva avec un plateau et du café fumant, exhalant ses effluves. Elle sourit et parut nettement plus détendue qu'à l'arrivée. Elle dit d'une voix joyeuse :

— Alors, on fouille ?

— Non, pas du tout, je ne me permettrais pas… Je regardais ton matériel… Très très bien ! Tu avances comme tu veux ?

— Oui, oui…

— Et le livre ?

— Aussi… J'en suis à plus de cinquante pages !

— Effectivement… Et tu as choisi un titre ?

— Non, pas encore… Plus tard…

— Tu vas le faire publier ?

— Oui, j'aimerais bien… Mais aujourd'hui, tu sais, c'est beaucoup plus facile d'écrire que de se faire publier !

— Ah bon ? Pourtant, on voit presque chaque jour des livres qui sortent !

— C'est vrai, il y en a eu soixante mille l'an passé, mais quand tu as enlevé les gens connus de la télévision, les hommes politiques, les sportifs et vedettes de toutes sortes, la masse de livres de cuisine, il ne reste plus beaucoup de place pour les autres ! Seul un pour cent des manuscrits adressés aux éditeurs par la poste est publié ! Je veux dire publiés sérieusement, car il y a malheureusement parfois des pseudo-éditeurs qui abusent de la naïveté des gens pour proposer un compte d'auteur périlleux, voire pour les escroquer purement et simplement !

— À ce point-là ?

— Bien pire même, et la liste des victimes augmente chaque jour ! Néanmoins, tous les éditeurs qui ont pignon sur rue depuis de nombreuses années ne sont pas de ceux-là évidemment !

— Je l'ignorais… En ce qui te concerne, il ne faut pas être dans les quatre-vingt-dix-neuf pour cent de ceux qui n'y arrivent pas !

— C'est tout à fait ça… Dur, dur, tout de même, rien n'est acquis !

En revenant vers le salon, Jo s'attarda sur une vitrine fixée au mur et dans laquelle des armes étaient présentées, sur fond de velours bleu…

— Tu collectionnes les armes ?

— Non, pas du tout, ce ne sont pas des armes de collection, elles sont trop récentes, c'est mon père qui me les a laissées… Il aimait les armes, surtout les plus récentes et les plus perfectionnées… Il était dans les brigades spécialisées, il les a ramenées de Beyrouth, de l'ex-Yougoslavie à une époque, de l'Afghanistan et d'ailleurs encore…

— Elles fonctionnent ?

— Oui, toutes !

— Tu sais que normalement on doit enlever une pièce…

— Oui, je sais, elles ne sont même pas déclarées, mais je m'en fiche… Tu viens t'asseoir ?

Jo remarqua un emplacement vide qui avait conservé l'empreinte de l'arme sur le velours. Une petite plaque indiquait « Magnum 357 avec silencieux »…

— Il t'en manque une, et pas des moindres !

— Je sais… Tu viens t'asseoir ?

— Oui, excuse-moi… Tu sais tirer ?

— Oui, j'allais très souvent au pas de tir militaire avec mon père, j'ai même eu quelques médailles pour le pistolet à vingt-cinq mètres quand il y avait des concours interarmes.

— Tu te débrouilles bien, alors ?

— Oui, pas mal ! Mais je n'y vais plus.

— On pourrait aller au stand ensemble un jour, si tu veux, j'ai une carte d'accès.

— Pourquoi pas ?

Mais Nat voulait visiblement changer de sujet et Jo finit par le comprendre.

— Pour l'affaire, t'as du nouveau ? demanda-elle.

— Oui… c'est un peu pour ça que je passais.

— Ah oui ? fit-elle, subitement un peu inquiète.

— J'ai eu les synthèses financières des sociétés de Guardi et Kergaloudec de Concarneau…

— Et alors ?

— Pas brillant non plus… Et quelque peu bizarre.

— Que ce ne soit pas très bon, ce n'est peut-être pas étonnant, tout le monde connaît la crise de la pêche, non ? Baisse des captures, les quotas européens, la bagarre avec les Espagnols ou les Anglais selon les zones de pêche notamment…

— Oui, justement, l'armement était plutôt en difficulté financière quand le père Kergaloudec, donc le beau-père de Guardi, est décédé… Tout comme la promotion immobilière… Et là aussi, contre toute attente, nous constatons des apports en compte courant, réévaluation du fonds de commerce, augmentation du capital, des parts sociales, etc. Bref, résultat : plus de trois millions d'euros de plus dans les fonds propres de l'ensemble des sociétés, avec des cessions de parts entre elles et diverses opérations… Compliqué, et à la limite du crédible isolément, mais quand nous rapprochons toutes les sociétés de Paris et celles de Concarneau, y a un truc qui cloche !

Silence de quelques instants de Jo… qui rajouta :

— Opérations financières plus que douteuses…

— Oh, la vache !

— Alors le chef veut que nous allions voir sur place, ça te dit de nous accompagner ?

— Ouais… Tu penses bien, chouette alors !

— Mais discrétion absolue, il s'agit simplement de voir, d'écouter et de fureter un peu partout.

— Super, rien qu'à l'idée de respirer l'air iodé, je me sens déjà mieux… J'peux faire mes valises ?

— Tu peux ! Tiens, je t'ai apporté un peu de doc, tu en veux encore d'autre ?

— Merci beaucoup !

Toute souriante, excitée, elle tenta de rechercher dans sa mémoire.

— Ah, oui… Une documentation sur les saisies et aussi la législation…

— Française ? Européenne ?

— Les deux, si possible.

— J'ai pas mal de tableaux là-dessus, avec les conséquences pour les usagers, pour les possesseurs en vue d'usage personnel, pour les trafiquants, etc. À titre d'exemple, les extrêmes pour l'usage vont de deux mois à un an et pour le trafic, de deux ans à vingt ans. Mais dis donc, si je te donne tout, tu ne veux pas d'un coauteur ?

— Pourquoi pas ? En attendant, il nous faut les résultats de l'opération Nathalie ! Je suis fière du nom de code de cette opération, tu sais !

— C'est une très bonne opération, le filet se remplit de jour en jour. Quand on le considérera suffisamment plein, on le relèvera. Tu sais, en une journée, on arrêtera peut-être plus de cent personnes, comme pour l'opération précédente ! La dernière fois, les arrestations se faisaient en même temps à Paris, Lyon, Perpignan, Montpellier, Limoges…

— Et comment font les drogués à ce moment-là ?

— On ne meurt pas du manque… Tu vois, on peut mourir d'une overdose mais pas du manque. C'est là, d'ailleurs, que toutes les installations et associations ont un rôle important à jouer… C'est le moment où jamais de les prendre en charge et de commencer la cure de désintoxication…

— Et quand ils l'ont faite ?

— Ils restent très fragiles, on leur donne des tablettes de Néocodion pour les aider, ou des comprimés de Subutex. C'est un traitement de substitution et il faut que le médecin puisse suivre le toxicomane, qui doit également bénéficier d'un accompagnement psychosocial. Pour le médecin, c'est très difficile et parfois impossible, car le toxicomane fait fi des recommandations. L'association du traitement avec des médicaments et parfois avec de l'alcool peut entraîner également l'overdose, il y a eu récemment encore un jeune homme décédé de la sorte…

— C'est terrible…

— Oui… Et ce n'est pas tout… Excuse-moi, mais il est plus que temps que je m'en aille.

Ils se levèrent en même temps et se retrouvèrent très près l'un de l'autre, face à face… L'un comme l'autre très troublés…

Nat prit gauchement l'initiative de s'écarter, la voix fébrile, en allant vers la porte…

— On se retrouve demain comme d'habitude, dans ce cas ?

Jo suivit, tout aussi ému.

— Hum, hum…

Une nouvelle fois devant la porte, ils restèrent un moment très proches, hésitant à franchir le pas… Pas un mot entre eux… Le monde entier semblait silencieux et immobile… Puis ils tombèrent dans les bras l'un de l'autre et s'embrassèrent fougueusement… Se ressaisissant, Nat se dégagea doucement, une nouvelle fois, très émue…

— Excuse-moi… Il ne faut pas… Il ne faut pas… Elle ouvrit la porte, baissa la tête pour ne pas succomber une nouvelle fois…

— À demain…

Jo, rêveur, se décida alors à partir.

— À demain.

La porte refermée, Nat resta quelques instants le dos appuyé contre le battant, regardant le plafond, les yeux perdus dans le vague… Puis elle se mit à pleurer doucement, sans bruit, comme pour cacher une douleur profonde, avant de venir s'allonger sur le divan, s'abandonnant à sa peine.

Jo descendit à pied comme un somnambule, déconnecté de la réalité, plongé dans un état d'exaltation sensuelle et émotionnelle. Il rejoignit sa voiture sans s'en rendre compte…

Les moments qu'il venait de vivre, en se levant au salon et à la porte, emplissaient tout son esprit. C'était comme si une partie enfouie de lui-même ressurgissait, sa jeunesse naïve et sensible, ses premières amours, tout ce qu'il avait cru mort en lui, il le redécouvrait avec étonnement et plaisir.

La peine n'est pas commuable, elle est à vie.

Tudor Arghezi.

IX. CONCARNEAU

Juste avant le départ, Jo et Nat devaient assister à la réunion du matin, d'autant que toutes les équipes allaient être présentes pour une révision générale de la situation. Tous les binômes avaient pratiquement leur destination et leur action à mener. Le chef terminait de donner les informations que chacun notait.

— Un peu de silence, je continue… Francis et Sylvie : remontées des fruits et primeurs espagnols qui sont livrés à Rungis. Jean-Richard et Bernard : filière vins d'Italie. Joëlle et Floréal : filière Pays-Bas Belgique… S'il vous plaît, encore un peu de silence… Et je termine par Jo et Phil qui vont en Bretagne.

Hilarité générale dans la salle. Certains se mirent à siffler ou à chanter : « *Ils ont des chapeaux ronds, vive la Bretagne / Ils ont des chapeaux ronds, vive les Bretons* ».

Le calme revenu, Jo se leva et s'adressa au groupe :

— Et pourquoi pas, c'est peut-être une première ?

Ceci lui valut une nouvelle hilarité générale.

— S'il vous plaît, s'il vous plaît… reprit le patron. Un peu de silence et de sérieux. Rien ne doit être écarté, mais surtout, et j'insiste bien, discrétion absolue, vous m'entendez bien, discrétion absolue. Vous devez voir et écouter, pas de zèle, pas de coup en solo, d'autant que plusieurs affaires peuvent peut-être avoir des rapports entre elles. Personne ne bouge… Nous sommes mardi, point général ici vendredi. Préparez bien votre mission avant de partir… À vendredi.

Tout le monde se leva dans une excitation particulière, propre aux grandes opérations menées en commun. Les plaisanteries fusaient, Jo et Phil prirent leur part.

— Dites, Jo et Phil, quand vous serez en Bretagne, pensez à nous ramener des crêpes, du cidre, des artichauts et des choux-fleurs !

— C'est ça, marrez-vous, les gars ! D'abord, les artichauts et les choux-fleurs, ce n'est pas dans le sud mais dans le nord de la Bretagne qu'on les récolte, bande de charlots ! Mais, n'insistez pas trop, sinon, c'est une patate que vous allez prendre, et elle ne sera pas de Bretagne celle-là !

Un autre surenchérit :

— Bon, en attendant, note toujours alors de nous ramener des crêpes, du cidre et… de l'hydromel, pour nous shooter !

Jo et Phil se contentèrent de rire ; haussant les épaules, ils allèrent rejoindre le chef tandis que tout le monde sortait. Jo lui demanda :

— Je suis en proie à un sérieux doute, tout de même. Vous croyez que la Bretagne est une bonne piste ? C'est encore du jamais vu !

— Peut-être, mais on ne sait jamais.

— Ce serait néanmoins une première !

— Et alors ? Moi, ces histoires de capitaux entre les sociétés malades m'intriguent… Il existe de toute façon quelque chose d'anormal, mais quoi ? Et il a tout de même rencontré Galliardi !

— Oui c'est vrai, mais c'était peut-être pour vendre de l'immobilier tout simplement !

— Quoi qu'il en soit, il faut en avoir le cœur net !

À présent, tout le monde était sorti, même Nat qui, visiblement, blaguait avec un groupe. Il ne restait que Jo, Phil et le chef. Ce dernier tenta de reclasser toutes ses chemises dans le bon ordre.

— Ça va, Jo ?

— Oui, oui, ça va aller…

— Ah, au fait, autre chose. J'ai eu les rapports de la balistique pour les trois dealers abattus… Même arme, Magnum 357 avec silencieux, presque à bout portant, aucune chance, et pourtant ce n'est pas du travail de pro, c'est vraiment bizarre… Quand tout sera fini, il faudra que tu creuses un peu ce qui se passe de ce côté-là…

Jo resta songeur, immobile. Il finit par bredouiller :

— Vous… vous croyez ?

Le chef parut intrigué par l'attitude de Jo.

— Jo ?! Que se passe-t-il ?

— Rien… Je pensais à quelque chose. C'est sans importance…

Le chef s'apprêtait à partir.

— Allez, bon séjour en Bretagne à tous les trois !

— Oui, oui… Merci…

Quand le chef fut parti, Jo resta debout, un peu perdu dans ses pensées. Quelque chose de troublant le dérangeait… Était-ce autour de Nat ? C'était absurde, que viendrait-elle faire là-dedans ?

Pouvait-il exister un rapport entre ces crimes et l'arme de Nat ? La lui aurait-on volée ? L'aurait-elle confiée à quelqu'un ?

Il ne pouvait imaginer Nat... Et pourquoi, d'ailleurs ? Dans quel but ? De toute manière, s'il pouvait y avoir un doute pour les deux premiers assassinats, il ne voyait aucun rapport possible avec le troisième. Ceci le rassura... Phil le voyant immobile tandis qu'il l'attendait à la porte l'appela pour le rejoindre.

Jo et Phil rangeaient des documents et préparaient leur départ lorsque Nat arriva, portant trois gobelets de café.

— Tiens, je t'ai apporté de la doc sur la législation et les saisies. Je t'ai mis aussi toutes les routes de la drogue, de Miami aux filières des triades de Hong-Kong, cartes à l'appui. Ensuite, tu trouveras les dernières affaires de saisies en France, y compris celles de l'opération Margarita et l'extension sur les Îles Saint-Martin. Enfin, autre chose, je pense que tu vas t'y intéresser, un dossier sur la libéralisation en Allemagne et dans d'autres pays d'Europe, surtout en Belgique et Hollande...

— Mais c'est super ! dit Nat, radieuse. Merci beaucoup, tu me décortiques tout le travail.

— Et maintenant, route Bretagne ! Mais au fait, connais-tu la Bretagne ?

— Oui, un peu, j'y suis allée à plusieurs reprises en vacances avec mes parents, mais cela fait quelques années.

— Bon, eh bien, go to Concarneau... Voyons un peu, un hôtel nous a été réservé, il s'agit de l'*Hôtel des Halles*, rue Charles Linement. On m'a dit que, de nos chambres, nous devrions avoir vue sur le port de plaisance et la Ville Close…

— Super ! Et on mangera du poisson, des crêpes, on boira du cidre…

— Oui, mais pas tout en même temps !

Ils se mirent à rire de bon cœur, ramassèrent leurs affaires et s'en allèrent.

Phil conduisait et roulait à vive allure sur l'autoroute de l'Ouest. Nat était enthousiasmée et son intérêt pour cette affaire se transformait en exaltation. Elle ne cessait d'envisager différentes phases de leur enquête sur place.

Jo se gardait bien de l'interrompre et se contentait de se tourner en permanence pour la regarder. Il n'avait jamais remarqué jusqu'à ce jour tous les détails de son visage, ses mains, ses attitudes, ses expressions, il aimait tout, vraiment tout, chez cette femme.

Nat faisait preuve d'une vraie détermination, de réelle motivation pour une nouvelle étape qui l'accaparait déjà tout entière.

Jo aurait aimé ne pas la quitter des yeux, il sentait monter en lui un amour qu'il n'avait jamais ressenti aussi fortement. Il aurait tellement voulu ne pas briser le sentiment de paix dans lequel il baignait ! Mais en quelques minutes, il venait de faire un tour sur lui-même, il avait réfléchi et se disait qu'il devait lui parler, lui dire la vérité, sa situation, sa vie, il le fallait.

Nat continuait à parler inlassablement.

Il l'interrompit :

— Connais-tu un bon avocat ?

— Oui, bien sûr, j'en connais plusieurs, tout dépend pour quoi faire ?

Il chercha ses mots, hésitant encore à tout raconter. Finalement, il se lança :

— Problème personnel.

Nat resta silencieuse. Elle interrogea Jo du regard, d'une façon intense.

— C'est-à-dire ?

— Je vais me séparer de mon épouse…

Un long silence suivit. Phil aussi marqua le coup, il n'ignorait pas que la relation du couple s'était distendue, mais de là à envisager la séparation… Nat devait penser à toutes sortes d'éventualités, tant son visage semblait préoccupé.

— Mais ce week-end en famille ?

— C'était la fin… Jeudi soir, elle profitait pleinement des faveurs de son amant, j'ai pu le constater de visu. Vendredi matin, je lui ai signifié mon intention de la quitter. Cela faisait quelques années que la situation laissait présager une telle issue. Vendredi midi, j'étais dans mon studio où je suis resté tout le week-end…

— Tu la trompais aussi ?

— Non, jamais… Mon unique maîtresse a été le boulot. Faut-il être con, tout de même !

— Non, ne dis pas ça… Et tes enfants ?

— Ils sont grands, les choses devraient aller… Vannes, Auray, Lorient, Quimperlé… La voiture approchait. Ils avaient très peu parlé ensuite, même au déjeuner. Phil s'efforçait toujours de redonner de la vitalité et de l'entrain pour ce déplacement et cette enquête, mais Jo, le dur à ses yeux, avait le cœur en berne, il ne l'avait jamais vu ainsi.

— Eh bien, nous approchons, dit Nat. Tu as toujours ton arme sur toi ? demanda-t-elle à Jo.

— Oui, bien sûr… Pourquoi ?
— Tu t'en es déjà servi ?
— Oui, bien entendu… aux stands !
— Non… Je veux dire au travail…
— Non, jamais ! C'est rare de rencontrer un policier qui s'en soit vraiment servi, sauf en dissuasion ou en intimidation pour des coups de semonce… Tu sais, c'est un peu comme un maître-nageur sur la plage ou au bord d'une piscine, il peut passer parfois sa vie entière sans jamais sauver la moindre personne !
Nat semblait bien mystérieuse tout à coup.
— Avec ton arme, tu n'as jamais tué alors ?
— Mais non ! J'te dis que je ne m'en suis jamais servi ! Mais qu'est-ce qu'il t'arrive ?
Jo avait bien compris le sens des questions, mais ne pouvait dévoiler ce qu'il pensait, ses présomptions ou doutes. Phil surenchérit également sur l'usage exceptionnel de l'arme de service en dehors des stands de tir.
— Rien, je voulais savoir, c'est tout !
La voiture ralentit pour quitter la voie express à Kérampaou, puis prit la direction de Trégunc. Quelques kilomètres plus loin, des panneaux annonçaient la ville de Concarneau, ainsi que les manifestations annuelles, comme la fête des Filets Bleus. Nat s'extasia en passant sur le grand pont qui enjambait la rivière du Moros. Il offrait, sur leur gauche, un magnifique panorama sur l'arrière-port et la ville fortifiée, puis, tout au fond, la mer à perte de vue. De l'autre côté du pont, un superbe manoir aux allures de petit château était niché dans les bois d'une colline, il dominait la rivière et sa couleur orange clair miroitait dans l'eau noire.

— Oh, Phil, arrête-toi au bout du pont… J'ai envie d'aller regarder et de faire quelques photos, c'est trop super !

Elle sortit l'appareil de son sac à dos qu'elle avait posé près d'elle sur la banquette arrière de la voiture.

— Vous venez ?

Ils la suivirent. Elle avait l'entrain d'une enfant quand elle entreprenait de faire quelque chose.

Le printemps s'épanouissait sur Concarneau. Pas un de ces printemps froids et humides, déplaisants comme ils peuvent l'être parfois. Non, c'était un printemps agréable, clair et parfumé de senteurs. Ils avaient d'ailleurs laissé leurs vêtements chauds dans la voiture pour faire quelques pas sur le pont.

Puis ils se dirigèrent vers le centre-ville et arrivèrent tout naturellement au niveau des halles, sur leur droite, et de l'entrée de la Ville close, surmontée de son beffroi qui dominait les fortifications et le port de pêche, sur leur gauche. Ils se garèrent sur le petit parking où se trouvaient visiblement l'Hôtel de ville et la bibliothèque municipale, puis firent les quelques mètres à pied pour rejoindre leur hôtel.

— Vous devez avoir trois chambres réservées aux noms de Reuilly, Bozzi et Segry…

— Exact… Voici vos clefs… Elles donnent toutes les trois sur le port de plaisance et la Ville close.

— Parfait, merci.

— Voulez-vous de l'aide pour vos bagages ?

— Non, non, ça ira. Merci.

Nat avait retrouvé toute sa joie de départ. Elle gravit l'escalier rapidement, entra dans sa chambre et ouvrit aussitôt sa fenêtre pour contempler l'extérieur. Elle savourait cette vue avec bonheur, heureuse.

Elle regardait tout à la fois comme assoiffée, jusqu'au calme infini du ciel bleu que ne rayaient que les oiseaux de mer lançant parfois leurs cris caractéristiques comme un ricanement humain.

Avec quelques minutes de retard, Jo et Phil apparurent également aux fenêtres voisines. Ils convinrent de s'accorder une demi-heure pour se rafraîchir, avant de se retrouver à l'accueil.

Ils se rendirent au bar de l'*Amiral* non loin de là. De leur place, ils voyaient le beffroi de la Ville Close. Leurs consommations arrivèrent sur la table.

— Maintenant, il faut que nous nous organisions. Nous devons rencontrer tout ce qui tourne autour de l'armement, en amont et en aval de l'activité.

— Oui, j'ai pensé à une chose tout à l'heure, en route. J'ai ma carte de presse, on pourrait l'utiliser et dire que nous faisons un reportage sur les problèmes de la pêche, notamment après les événements de Rennes, ou la grande grève des marins-pêcheurs au Guilvinec en novembre 2007 qui s'était propagée sur le plan national !

— Tu veux que je te dise, Nat, c'est une excellente idée ! approuva Phil tandis que Jo peinait à retrouver sa forme et son allant.

Ce qui ne fit que rendre Nat encore plus enjouée. Ils se mirent aussitôt au travail en consultant les pages jaunes de l'annuaire à partir de l'iPhone de Phil et, en discutant avec le barman, peu débordé et heureux de pouvoir apporter son aide. Il leur indiqua les personnes à contacter pour obtenir des informations sur la pêche, ce qui les avança grandement.

Les dernières lueurs du jour disparaissaient lorsqu'ils terminèrent leur travail. Ils décidèrent d'aller se promener en Ville Close avant de revenir dîner ici. Avant de quitter le bar, Nat leva la tête vers Jo en souriant. Elle était étonnamment jolie. On ne lui aurait jamais donné trente-neuf ans, en dépit des fines rides autour de ses yeux marron.

Ils marchèrent, tous les trois côte à côte, à se frôler, se dirigeant d'un pas tranquille vers l'entrée de la ville fortifiée. Ils franchirent le pont d'accès. La mer était haute et on ne distinguait plus le reflet des bateaux dans les eaux du port, de pêche à gauche, de plaisance à droite et plus au fond, avec ses pontons. Tout juste entendait-on le tintement des drisses qui claquaient sur les mâts. Ils observèrent le vol des mouettes et des goélands qui s'élançaient mollement du haut des remparts pour venir chercher quelques victuailles sur le quai.

Ils empruntèrent le dernier petit pont qui devait être un pont-levis à l'origine. Ils s'arrêtèrent devant les fenêtres du Musée de la Pêche.

— Tu as déjà visité le Musée de la Pêche ?

— Oui, mais il y a... plus de vingt ans, sinon plus, quand j'étais venue en vacances dans la région avec mes parents.

— Il s'est beaucoup agrandi depuis, j'y suis venu, il y a quelques années. Il est remarquable, il y a même une extension qui permet de visiter un chalutier à flot, derrière.

Ils s'attardèrent devant les quelques boutiques encore ouvertes.

— C'est ici, il me semble, qu'ils ont tourné en partie le film *Les Fantômes du Chapelier* de Claude Chabrol, en 1982 avec Michel Serrault et Charles Aznavour... précisa Jo.

La municipalité avait disposé des panneaux qui permettaient à chacun de s'informer sur le lieu où il se trouvait ou de découvrir la particularité d'un bâtiment ou l'histoire de l'endroit. Ceci amusait beaucoup Nat qui lisait à haute voix, pour faire profiter Jo et Phil, des informations sur Vauban, la caserne militaire, la Porte au Vin… Ils l'écoutaient avec un intérêt plus apparent que réel.

Leurs pas les amenèrent jusqu'à une cale. Un petit bateau de couleur verte faisait office de bac pour permettre aux piétons de franchir le chenal. Cet espace d'eau permettait aux bateaux de venir au port ou de le quitter, c'était l'unique passage. Un chalutier passa devant eux et traça son sillon vers le grand large. Les lampadaires de l'autre rive se reflétaient dans l'eau noire dont le courant et les remous torturaient les reflets.

Ils décidèrent de monter sur les remparts. À trente mètres au-dessus de la mer, ils s'assirent quelques instants pour regarder au loin vers le large, avec les bateaux de plaisance presque à leurs pieds.

Ils restèrent ainsi un long moment, sans parler, jusqu'au moment où la mer prit une coloration rosée et mauve dans la lumière du couchant. À leur droite, la lueur qui montait de la ville semblait rencontrer comme un plafond cotonneux posé sur les toits les plus élevés.

Quelque chose de nouveau les habitait. Un courant indéfinissable passait entre Jo et Nat. Phil s'écarta pour prendre un appel téléphonique de Gwen…

— Je suis si heureuse d'être ici avec toi que je ne peux pas penser à la drogue.

— J'étais justement en train de l'oublier aussi.

— Il m'est impossible de songer une seule seconde à toute cette merde qui fiche tout en l'air à Paris et partout ailleurs, dans les cités, chez tous les gens paumés ou simplement fragiles…

— Oui, quand je regarde ce paysage, je me dis que nous faisons fausse route, que ce n'est pas possible, pas ici… C'est un véritable jardin d'Éden.

Mille fois, Jo eut envie de lui prendre la main, simplement la main. Elle était si belle, si heureuse, si proche…

En sortant de la Ville Close, Phil proposa de les laisser car il devait rejoindre sa chambre et passer encore de nombreux coups de fil, il se débrouillerait pour manger quelque chose au restaurant tout près de l'hôtel, après.

Jo et Nat regagnèrent le restaurant de l'*Amiral* et commencèrent par un superbe plateau de fruits de mer. Les yeux de Nat brillaient d'admiration et de gourmandise. Elle faisait réellement plaisir à regarder. Mais elle revint à leur mission :

— Je pense au rendez-vous avec madame Guardi-Kergaloudec, dit-elle en regardant son bloc-notes griffonné.

— Comment était-elle au téléphone, lorsque tu l'as appelée ?

— Gentille… Charmante… A priori ravie de nous recevoir ! Au fait, tu prendras mon appareil photo, tu feras très bien en photographe de service !

— Tu penses toujours à tout, toi, tu es vraiment extra !

— Chuuut, il ne faut pas le dire ! dit-elle en mettant son doigt verticalement devant la bouche.

Ils traînèrent encore un peu après le repas, puis regagnèrent le bar où ils parlèrent longuement avec le barman, originaire de Concarneau, présent dans cet établissement depuis plus de vingt ans. Il leur indiqua que cet immeuble faisait également hôtel il y a encore quelques années. Le fameux *Grand Hôtel* fut immortalisé par Simenon dans son roman policier *Le chien jaune*.

— Ah bon ? s'étonna Nathalie.

Renforcé par la question et l'intérêt qu'elle semblait lui porter, l'homme s'empressa de préciser :

— Ce roman policier fut publié par Georges Simenon en avril 1931 et adapté au cinéma. Film réalisé par Jean Tarride et sorti en juillet 1932. C'était assez amusant car le rôle de Maigret était interprété par Abel Tarride qui était le père du réalisateur.

— Vous semblez bien connaître votre sujet, on dirait !

— Je suis un fervent lecteur de polars et l'auteur que je préfère c'est Simenon... D'ailleurs sur le parking, juste devant près de l'Office de Tourisme, se tient chaque année en juillet depuis près de vingt ans le Festival du Polar intitulé justement Le Chien Jaune, en hommage à Simenon...

— Je vois que vous êtes incollable sur le sujet !

— C'est simple, dit-il. Je travaille ici depuis que j'ai quitté le lycée qui se trouvait à l'époque rue maréchal Foch, en ville, avant d'être transféré au Porzou ! précisa-t-il, visiblement nostalgique tout à coup.

Puis ils rejoignirent leur chambre, ayant appris énormément sur la ville et son histoire, le port, la pêche, les armements… Même que Guardi « n'était pas tellement apprécié par ici », toujours selon le barman.

Le lendemain matin, Nat et Jo avaient un excellent appétit au petit déjeuner. Nat semblait plus en forme que jamais. Phil les rejoignit, mais il resterait à l'hôtel pour la journée pour échanger les informations avec le patron…

— Nous allons commencer par madame Guardi-Kergaloudec. Elle m'a d'ailleurs dit que son époux nous rejoindrait peut-être, selon son heure d'arrivée de Paris.

— Parfait, et cet après-midi, visite au directeur de la criée, ensuite, au syndicat des pêcheurs. Là déjà, nous verrons si nous faisons fausse route, mais je n'y crois toujours pas beaucoup.

La voiture suivit le port et l'arrière-port pour se rendre à l'armement. Elle passa devant un énorme bateau tout vert de plus de quatre-vingts mètres, un sablier industriel avec ses énormes pompes, tuyaux peints en jaune et sa haute passerelle, en blanc, ainsi que devant des chalutiers de différentes couleurs dont certains en orange et blanc se remarquaient davantage. Un énorme bateau blanc d'Ifremer semblait attendre la révision. Une grande grue déchargeait des équipements du grand sablier pour les déposer sur le plateau d'un camion stationné sur le quai. Le drapeau national et le drapeau noir et blanc de la Bretagne flottaient au vent, à l'arrière du bateau.

Les bureaux de l'armement Guardi-Kergaloudec dominaient l'arrière-port et offraient une vue spectaculaire. Le hall d'entrée était somptueux et feutré. Bois d'acajou, cuivre, maquettes de bateaux et plantes vertes agrémentaient l'endroit.

L'hôtesse d'accueil avertit madame Guardi-Kergaloudec de leur arrivée.

Madame Guardi-Kergaloudec, élégante, affichant un sourire franc et jovial, la soixantaine bien portée, vint à leur rencontre.

— Bonjour Madame, bonjour Monsieur… Vous n'avez pas eu de difficulté pour nous trouver? Si vous voulez bien me suivre…

Le bureau de direction était encore plus somptueux que l'entrée. Photos et maquettes de bateaux à nouveau occupaient un espace important. Les sièges, recouverts de velours, étaient très confortables.

Nat, en journaliste avertie, allait mener l'entretien. Elle avait présenté sa carte de presse, mais son interlocutrice n'y accorda aucune attention.

— Vous êtes remarquablement installés, et quelle vue sur le port! Que c'est agréable de travailler dans des conditions pareilles!

— N'est-ce pas? Vous n'avez pas cette chance à Paris! Par contre, ici, comme nous voyons le même décor tous les jours, on n'y prête plus guère attention, vous savez!

— C'est souvent ainsi, mais vous avez tout de même de la chance! Tout d'abord, nous tenons à vous remercier vivement d'avoir bien voulu nous recevoir aussi rapidement… Comme je vous l'ai dit au téléphone, nous faisons une enquête sur la pêche… Je suis chargée d'une série d'articles et de reportages pour faire le point, quelques années après les événements qui ont secoué le milieu…

— Oui, ce fut une terrible épreuve… Ternie par ce dramatique incendie du Parlement de Bretagne à Rennes, aujourd'hui reconstruit à l'identique, et par l'autre grève, plus récemment, célèbre par la phrase du président de la République en altercation avec un marin-pêcheur du Guilvinec qui avait fait… comment dites-vous déjà, ah oui, le buzz, sur Internet ! Oui, nous avons vraiment connu des moments difficiles…

— Et vous ne les connaissez plus ?

— Oh, que si ! En ce qui concerne la pêche dans son ensemble… Pour nous, heureusement c'est un peu mieux…

— Pouvez-vous nous donner, en quelques mots, l'histoire de votre armement ?

— Bien sûr ! D'ailleurs, je vais vous remettre une plaquette qui reprend toutes nos activités… C'est une idée de mon mari. Il devrait nous rejoindre d'une heure à l'autre… Le pauvre, il fait la navette entre Paris et Concarneau, il tente de répartir son temps, mais ce n'est pas toujours facile, il passe plus de temps à Paris.

— Ceci doit être fatigant !

— Oui, heureusement qu'il y a l'avion. Il arrive sur Quimper ou Lorient Lann-Bihoué selon les jours et les horaires, et passe ainsi en deux heures de son bureau parisien à celui-ci.

— C'est effectivement pratique… Mais votre époux s'occupe de la pêche à Paris ?

— Non, non, pas du tout… D'immobilier… Vous voyez, les deux métiers sont sans rapport.

— En effet… Nous avons remarqué de très gros bateaux à quai en venant chez vous…

— Oui, ce sont des bateaux qui viennent pour la maintenance car il existe à Concarneau des ateliers d'un très haut niveau de compétence et, heureusement, cela offre bien des emplois sur le port, car ce n'est pas la pêche uniquement qui aurait permis de maintenir cette activité actuellement…

— Revenons à votre armement…

— Comme vous le verrez dans la présentation, l'armement de pêche a été créé juste après la dernière guerre par mon père Jean Kergaloudec… Un grand homme, respecté sur la place. Il était à la pointe des avancées sociales… Dans les années 70, l'armement a prospéré au point d'avoir à un moment plus de dix chalutiers, des trente-trois mètres "pêche arrière".

— Et maintenant ?

— Il nous en reste trois, les meilleurs… Nous avons aussi un cargo frigorifique au sein de la société Gwenn Ha Du, ce qui signifie « blanc et noir ». Ce sont les couleurs et le nom du drapeau breton… Vous connaissez la langue bretonne ?

— Non, pas du tout. Ni l'un ni l'autre, mais nous adorons la Bretagne ! Par contre, vous nous semblez profondément bretonne !

— Absolument… et fière de l'être ! Nous avons réalisé l'arbre généalogique de ma famille jusqu'à la fin du XVe siècle… l'époque de la duchesse Anne… Quand elle se maria avec Charles VIII en décembre 1491… À la mort de celui-ci, elle se maria avec le cousin de ce dernier, Louis XII, en 1498. Elle apportait en dot la Bretagne à la France. Mais une clause stipulait que la Bretagne ne serait rattachée au trône de France qu'à l'unique condition que le couple royal ait un fils… Ce fut une fille, Claude, qui se maria avec François Ier ! Il fallut ensuite attendre 1532, la publication de l'édit d'union de la Bretagne à la France… ou le contraire ! Mais je m'égare, je vous disais donc trois chalutiers et un cargo frigorifique, plus quelques autres bateaux que nous affrétons ponctuellement.

— Comment tout ceci est-il organisé ?

— Chaque chalutier dispose de dix à quinze hommes d'équipage, fait quatorze jours de mer au maximum et pêche en zone Nord Irlande et large Écosse essentiellement.

— Pouvez-vous nous expliquer, très concrètement, ce qu'il s'est passé dans ce domaine ces dernières années ?

— D'une façon générale, rien ou presque… Par contre, pour nous en particulier, beaucoup de choses. Mon père est décédé… Je travaillais avec lui depuis longtemps, mais il avait toujours décidé de tout… Heureusement, mon mari qui ne s'occupait que de son immobilier est venu m'aider…

— Il travaillait déjà à temps partiel avec votre père ?

— Non, pas du tout… Je dois dire qu'ils ne s'aimaient guère… Mon mari ne s'occupait que de la promotion immobilière à Paris et il faut dire que c'était alors le grand boom. Nous nous sommes rencontrés quand je terminais mes études supérieures. Nous nous sommes mariés bien plus tard, mais cela fait tout de même près de trente ans… Mon mari m'a beaucoup aidée, car vous le savez, la pêche n'allait pas bien du tout et il a eu une idée innovante en réorganisant l'activité de deux chalutiers.

— De quelle manière ?

— Mon mari a négocié avec un grossiste en mareyage à Rungis. Une de ses connaissances, que je ne connais même pas, du reste.

Au nom de Rungis, Jo et Nat se redressèrent et se regardèrent.

— Sous quelle forme ?

— Le principe est simple, il consiste à fournir au grossiste toute la pêche du chalutier. Je m'explique : au fur et à mesure que le poisson est pêché, il est préparé et mis sous glace dans des caisses en polystyrène. Quand le bateau arrive à quai, les caisses sont chargées directement dans le camion frigorifique du grossiste lui-même et part aussitôt pour Rungis… Aucun frais de débarquement, de transformation, de transport, etc. Ce qui nous cause quelques désagréments avec le syndicat des dockers, le syndicat des mareyeurs, les transporteurs, enfin toute la filière pêche du port.

— Et c'est beaucoup plus rentable ?

— Oui ! Mais c'est mon mari seul qui s'occupe de cette activité. Le grossiste nous a dit qu'il était très satisfait… Il paye bien… Il a même pris des participations dans notre armement… Cette évolution nous a donné de l'oxygène… Depuis, nous allons beaucoup mieux…

— Mais pour les marins, à bord, ce n'est pas plus de travail ?

— Si, bien sûr, mais là aussi mon mari a pensé à tout. Il a mis un équipage tournant toutes les trois marées.

— Toutes les trois marées ?

— L'équipage habituel fait deux marées normales en mer et une à terre. Sur l'autre chalutier même chose, si bien qu'au final, ils ont plus de repos et ils sont très contents, car ils passent plus de temps avec leur famille à la maison.

— Et les autres armements font la même chose ?

— Non, pas du tout, nous sommes les seuls, dans un sens, tant mieux ! À Lorient, il y a quelque chose de ressemblant, une chaîne de grandes surfaces est propriétaire de chalutiers et court-circuite également l'interprofession. Mais l'organisation est très différente. La clef de notre système est d'avoir un acheteur à Rungis. Encore faut-il le trouver, mais là, c'est encore grâce à mon mari.

— Comment s'appelle le grossiste de Rungis ?

— C'est la société BFM, Bretagne Marée Fraîche.

— Et le cargo que vous avez dans l'autre société, il transporte aussi le poisson des chalutiers ?

— Non ! Pas du tout, lui, c'est le thon rouge !

— Le thon rouge ?

— Il existe deux sortes de thon, l'un blanc, appelé germon, pêché l'été au large des côtes de Gascogne, ce qui nous vaut bien souvent des histoires avec nos voisins espagnols, comme vous devez le savoir !

— En effet.

— Notre armement ne pratique pas cette pêche, mais ici, chaque été, plusieurs bateaux la font… Ils ont même obtenu l'appui du député européen Gérard d'Aboville, vous savez, le rameur !

— Oui, bien sûr !

— Et, il y a le thon dit rouge, de qualité inférieure. Il était pêché voilà vingt à trente ans au large des côtes africaines, de la Côte d'Ivoire et du Sénégal.

— Par des bateaux de Concarneau ?

— Oui, il y a plusieurs armements. Ils possèdent des thoniers-senneurs qui vont, ou plutôt qui allaient, pêcher là-bas… La senne étant le nom du filet de pêche.

— Mais c'est loin ! Comment faisaient les marins ?

— Le bateau restait des années là-bas, mais les marins effectuaient trois mois en mer et revenaient un mois et demi à terre ici, rapatriés par avion, par équipages tournants justement. Les bateaux restaient là-bas mais faisaient la navette entre la base d'Abidjan, pour débarquer hommes et pêche et faire le ravitaillement sur les lieux de pêche.

— Ils vont toujours à Dakar ou à Abidjan ?

— Non, il n'y avait plus assez de thon pour ces gros bateaux, vous pensez, un bon thonier-senneur actuel peut capturer dix mille tonnes de thon dans l'année… Alors ils sont partis, il y a une vingtaine d'années déjà, vers les Seychelles et… je pense justement à une chose, vous vous souvenez du paquebot de la compagnie Costa, pas celui qui a coulé… non, celui qui est tombé en panne, eh bien, c'est un thonier-senneur, *Le Trévignon*, qui l'a remorqué pour le ramener à bon port…

— Ah oui ! Je me souviens d'avoir vu cela à la télévision.

— Parfois, ce n'est vraiment pas simple pour les équipages…

— Pourquoi ?

— À cause des pirates des mers qui viennent les attaquer pour essayer de les prendre en otage et ils sont obligés parfois d'embarquer des militaires pour assurer leur sécurité…

— À ce point ?

— Malheureusement… Sinon, ils vont aussi de plus en plus en Indonésie…

— En Indonésie ?

— Eh oui, il faut aller là où se trouve le poisson.

C'est à partir de ces bases de débarquement de la pêche que nous transportons le thon vendu sur le marché international, pour le livrer partout dans le monde, beaucoup au Japon, et, au final, pratiquement jamais sur Concarneau, au regard de la quantité pêchée.

— Le thon connaît les mêmes problèmes que la pêche au chalut ?

— Non, pas les mêmes… Tout d'abord parce que le thon est une matière première internationale payée en dollars, alors la fluctuation dépend de cette monnaie. Nous avons connu des années extraordinaires, mais quand le dollar est bas, les choses sont plus délicates. Tout dépend de l'évolution des monnaies : dollar et euro, voilà…

La porte s'ouvrit brutalement, un homme apparut, attaché-case à la main… Monsieur Guardi. Son épouse se leva aussitôt et perdit son sourire.

— Voilà mon mari justement, monsieur Guardi. Madame Segry, journaliste, et monsieur Reuilly, son assistant photographe…

— De *Ouest-France* ou du *Télégramme de Brest* ? interrogea brutalement monsieur Guardi.

— Rien de cela ! Presse parisienne et nationale, ainsi que des magazines pour une série d'articles situant la pêche, bien après les événements…

Madame Guardi s'était mise en retrait, debout, les bras croisés, tandis que son époux avait pris son siège. Elle avait perdu son aisance.

— Et alors, que voulez-vous savoir ? dit l'homme d'un ton sec et dur. Vous avez vu d'autres armements ? Il n'y a pas que nous à Concarneau, et il y a également d'autres ports de pêche…

— Heueu, non... Pas pour l'instant, nous venons d'arriver... répondit Nat, gênée et peu fière.

— J'ai beaucoup de travail, vous aviez terminé ? Jo s'interposa :

— Pouvons-nous prendre quelques photos ?

— Vous allez sur le port et vous photographiez ce que vous voulez ! S'agissant de mes bateaux, évitez de monter à bord ou de déranger les gens qui travaillent !

L'homme se leva, visiblement pour mettre fin à l'entretien. Son épouse, terriblement mal à l'aise, tenta d'intervenir :

— Roger !

Mais déjà, il se tenait devant la porte qu'il venait d'ouvrir. Nat et Jo se levèrent. Nat se tourna vers madame Guardi-Kergaloudec et s'approcha d'elle pour lui dire :

— Merci beaucoup, Madame, pour votre accueil. J'ai vraiment été très heureuse de faire votre connaissance. Quand j'aurai fait le tour et terminé mes articles, je ne manquerai pas de vous le faire savoir, avant parution.

— Oh, merci, je vous raccompagne.

Salut froid d'un signe de tête de Guardi qui revint à son bureau et entreprit d'ouvrir son attaché-case.

La porte se referma aussitôt derrière Nat et Jo. Ils longèrent le couloir vers le hall d'entrée en compagnie de madame Guardi-Kergaloudec qui se confondait en excuses pour l'attitude de son époux.

— Excusez mon mari, il a beaucoup de travail, il veut être partout et il est fatigué en ce moment.

— Ce n'est pas grave, je comprends, en tous les cas, merci beaucoup de votre gentillesse.

— C'est bien normal... Vraiment, je suis désolée... Où êtes-vous descendus ?

— À l'*Hôtel des Halles*… Pourquoi ?

— Vous m'êtes très sympathiques. Demain matin, j'aurai un peu de temps à vous consacrer si vous le souhaitez !

— C'est vraiment très gentil, voulez-vous que nous revenions ici ?

— Non, non, surtout pas ! Donnons-nous rendez-vous en ville au bar de l'*Amiral* si vous voulez. À huit heures, cela vous convient-il ?

— Parfait, je vous attendrai seule et nous prendrons le petit déjeuner toutes les deux !

— Entendu, à demain, au revoir… Kenavo comme nous disons en breton ! conclut madame Guardi avec le sourire.

Jo et Nat décidèrent de revenir au bar de l'*Amiral* afin de prendre du recul par rapport à cet entretien et préparer le suivant.

— Pas facile, le Guardi… Fermé à double tour.

— C'est vrai. Elle, par contre, c'est une femme super, elle est belle, gentille, accueillante !

— Oui, mais c'est tout de même une oie blanche. Je suis sûr qu'elle ne sait rien de ce qui se passe réellement. Tu te rends compte, elle ne connaît même pas le grossiste de Rungis ! Pourtant, il a pris une participation financière dans l'entreprise familiale, fondée par son père tout de même !

— Oui, je crois qu'elle a seulement vu que les affaires allaient mieux, alors elle ne se pose pas de questions. Et derrière, son époux doit ficeler le tout, de toute manière !

— Au vu de sa façon de nous éjecter, je crois qu'il y a tout de même anguille sous roche ! Et nous avons bien un lien entre Rungis et l'Afrique, l'Indonésie et que sais-je encore… Le trafic ne vient sans doute pas des chalutiers, je ne vois vraiment pas comment… Par contre, côté cargo, à mon avis, tout est possible !

— C'est sûr, il y a quelque chose ! dit Nat. Quand je pense à tes collègues qui se payaient notre tête. Et si nous décrochions la timbale du trafic ?

— Pas si vite, on se calme… Il faut avouer, cependant, que les choses deviennent intéressantes… Mais il est l'heure de notre rendez-vous avec le directeur de la criée.

Jo et Nat durent se faufiler sur le quai en pleine activité, entre les chariots chargés de caisses de poisson, et éviter les jets d'eau du personnel qui nettoyait le sol de la criée.

Cet univers était totalement différent de tout ce qui existait ailleurs. Cette odeur permanente du poisson, ces mouettes et ces goélands sur le quai qui se bagarraient leur pitance, ces hommes qui empilaient des caisses en plastique, ce haut-parleur qui appelait tel ou tel mareyeur… Le tout composait une cacophonie particulière, hors du temps et de la ville.

Après avoir demandé leur chemin, ils se rendirent au bureau. Ils devaient gravir un escalier et emprunter un long couloir situé juste au-dessus de la criée. De cet endroit, le brouhaha leur parvenait à peine et de façon étouffée.

Ils furent introduits auprès du directeur qui les attendait. Une grande photo aérienne du port décorait le mur, ainsi que quelques maquettes de bateaux, le logo de la ville de Concarneau et celui de la CCI de Quimper. L'ensemble était plutôt sobre. D'un abord franc et cordial, l'homme s'assit et fit face à Nat et Jo.

— Comme je vous l'ai dit au téléphone, nous effectuons un reportage qui a pour thème : « Que s'est-il passé depuis les événements qui ont secoué le monde de la pêche ? »

— Je peux déjà vous dire que la situation est toujours aussi difficile…

— Les cours n'ont pas remonté ?

— Si peu… La concurrence internationale et l'élevage aggravent nos difficultés… Les armements continuent à tirer le diable par la queue et c'est pire encore pour les mareyeurs… Je vous ai préparé un dossier établi par la Chambre de Commerce et d'Industrie sur l'évolution des cours et les captures de ces dernières années. J'ai joint une plaquette sur l'activité du port de Concarneau, le nombre de chalutiers, le tonnage débarqué, etc. Vous verrez, c'est éloquent et dramatique à la fois. Concarneau et Douarnenez souffrent alors que d'autres ports comme Le Guilvinec résistent mieux, pour ne vous parler que du Finistère.

— Parfait, merci beaucoup… Nous avons pourtant appris que certains ont innové et s'en sortent à présent mieux, non ?

— Comment ça ?

— Nous avons eu un contact avec l'armement Guardi-Kergaloudec ce matin.

Le directeur se contenta de hausser les épaules et sourit en secouant la tête d'un air moqueur.

— Qu'en pensez-vous ? insista Jo pour l'amener sur ce terrain.

— Pour être franc avec vous, je ne vois pas du tout comment il peut gagner plus d'argent que les autres, avec son système !

— Il évite pourtant bien les intermédiaires, non ?

— Oui, bien sûr, sur ce point précis, je ne discute pas, mais là où ça devient une plaisanterie c'est avec son histoire d'équipages tournants, il est fou ! Entendons-nous bien, je ne discute pas l'intermédiation, d'ailleurs, sur Lorient, une chaîne de grandes surfaces exploite des chalutiers.

— Pourtant, en l'occurrence, ici, ça marche !

— Pour combien de temps ?

— Vous n'y croyez pas ?

— Non ! Mais alors pas du tout !

— Et pourquoi ?

— Simplement par le fait des charges supplémentaires des équipages tournants. Il ne peut que perdre plus d'argent que les autres !

— Comment ça ? Vous n'êtes pas en train d'exagérer ? Tout de même, quand nous voyons un poisson vendu moins de dix euros le kilo sous criée et qu'il nous est vendu plus de vingt-cinq ou trente euros sur l'étalage à Paris, vous trouvez que c'est normal ?

— Madame ! Sachez que le poisson est un cas particulier... Je vais vous donner un exemple, prenons le cas de la lotte, vous savez ce que c'est ?

— Oui, bien sûr !

— Bon, la lotte débarquée sur le port est entière, elle est vendue au poids, toujours entière, mettons six ou sept euros le kilo. Rendue à Paris sur votre étal, vous n'avez que la queue, c'est-à-dire la belle et bonne chair comestible, débarrassée de la tête, des nageoires et de la peau, épaisse et hideuse.

— En effet.

— Savez-vous quel est le pourcentage de déchet sur ce poisson ?

— Non!

— Soixante pour cent du poids débarqué! C'est-à-dire que même sans intermédiaire, le prix net, dans cet exemple, est en conséquence puisque le reste ne vaut rien. Or, il a bien fallu payer le débarquement, le mareyeur, le transporteur et le revendeur, non?

— Oui, en effet! dit Nat, abasourdie. Je ne voyais pas les choses de cette façon.

— Mais alors l'armement Guardi-Kergaloudec, comment fait-il? surenchérit Jo.

— C'est une énigme! Un mystère! Pour l'instant. Surtout quand on voit le peu de pêche qu'il débarque parfois avec son équipage fantôme! Car ses deux bateaux disposent de deux équipages, un, disons local, de professionnels de la mer, et un autre dont on ne sait rien, qui vient juste pour prendre le bateau et qui, une fois rentré de mer, la pêche débarquée et chargée dans des camions frigorifiques partant directement pour Rungis, rentre chez lui…

— Qu'entendez-vous par équipage fantôme?

— J'ai des doutes sur des marins qui ne semblent pas plus marins que moi!

— Vous n'aimez pas Guardi, je me trompe?

— Je n'ai pas à l'aimer ou non, dans ma position, je suis neutre… Mais c'est vrai qu'ici…

— Et madame Guardi-Kergaloudec?

— Madame Kergaloudec, elle, c'est autre chose! Tout le monde l'aime bien ici… sacrée femme… Et son père! Un homme exceptionnel de qualité, de droiture… Il était en avance sur le plan social, très paternaliste, il aidait les familles des marins qui le lui rendaient bien, il était apprécié autant par ses marins que par ses collègues armateurs.

Jo, de plus en plus intrigué, revint sur le même sujet :

— Il y a une quelque chose que je ne comprends pas : comment pouvez-vous savoir ce que le bateau de Guardi a pêché, puisqu'il ne passe pas par vous ?

— Nous ne savons pas... Mais quand nous voyons le nombre de caisses débarquées, même si elles contiennent une excellente qualité de poisson, il ne peut pas payer ses frais... Tenez... Demain, un de ses deux chalutiers débarque et ce sera justement avec l'équipage inconnu des marins-pêcheurs, venez voir !

— Très bien, nous serons là.

Le directeur souhaita ensuite que l'armement Guardi-Kergaloudec ne soit pas le seul sujet de conversation, car le port offrait beaucoup de facettes, Jo et Nat se prirent au jeu.

Le bruit était moins intense quand ils descendirent du bureau. Ils rejoignirent leur voiture, passèrent à leur hôtel pour récupérer Phil.

Ils se dirigèrent alors vers la pointe de la Croix. À l'extrémité du boulevard, juste après les superbes maisons colorées à pans de bois, il fallait prendre le virage en épingle à cheveux au ralenti. Ils passèrent devant le Marinarium créé en 1859 par le professeur Coste, médecin de l'Impératrice Eugénie, le premier laboratoire marine du monde, devenu aujourd'hui Muséum d'histoire naturelle du Collège de France où des chercheurs reçoivent plus de cent cinquante étudiants chaque année.

Puis ils continuèrent la rue qui se faufilait entre le phare et la petite Chapelle Notre-Dame-de-la-Croix, et s'arrêtèrent un peu plus loin dans une crêperie au nom évocateur : *Côté Mer*. L'accueil était fort sympathique et ils s'installèrent près de la vitre offrant une vue panoramique sur la mer.

— Cela vous convient-il ? demanda Jo.

— Oui, Chef! répondit Nat.

— Je suis impatient de vous écouter sur vos rendez-vous... glissa Phil.

— D'abord, je ne suis pas chef, répondit Jo à Nat, et ensuite, est-ce que je suis bien comme assistant photographe ?

— Pas mal ! Je crois qu'on peut faire encore quelque chose de toi. Finalement, je crois que tu n'es pas complètement foutu !

— Merci... T'es très sympa ! Bon Phil, on te raconte tout à présent, d'autant que ceci va t'entraîner pas mal de boulot !

— En attendant, aujourd'hui, crêpes et cidre !

Nat affichait un visage radieux et un sourire gourmand. Elle ne tenait pas en place, elle piaffait d'impatience sur l'affaire qui, à ses yeux, prenait une allure exceptionnellement favorable. Jo tentait de la tempérer en permanence. Le ressenti était une chose, la réalité et les preuves, une autre !

Ils exposèrent tout dans le détail à Phil.

— Cette fois, nous tenons le bon bout ! répondit-il.

— Sans doute... L'entretien avec le directeur a été suffisamment éloquent, mais tout reste à prouver ! Et puis, il peut exister des diversions par les chalutiers par rapport au cargo, soyons prudents... Nous ne savons rien, pour l'instant, nous pouvons seulement dire qu'intuitivement, il existe quelque chose autour de cet armement. Si personne n'est dupe, personne, non plus, ne sait ce qui s'y passe ! s'inquiéta Jo.

— Je vais transmettre notre point à Paris tout à l'heure et leur demander de creuser du côté de la société BFM, c'est sûrement une pièce maîtresse du puzzle, proposa Phil.

— Oui, cela me paraît évident, conclut Jo.

— Il me tarde de voir dans les journaux le succès de l'opération Nathalie ! Je serai à la une cette fois-là ! rajouta Nat.

Tandis que tous les trois se régalaient en dégustant leurs crêpes, de temps à autre, de leur place, ils admiraient la baie du Cabellou avec sa pointe rocheuse sur laquelle on distinguait parfaitement son fort en granit et, sur la droite, la pointe de Beg-Meil où on devinait le sémaphore. Entre ces deux pointes, au milieu, le grand large, parsemé de bouées, rouges, vertes, noires, de quelques bateaux et quelques voiles… À l'horizon, mais rapproché par la transparence de l'air, l'archipel des Glénan dont les îles semblaient posées sur l'océan.

L'anticyclone des Açores continuait à protéger la France, et la Bretagne en particulier, et à offrir un ciel bleu pâle, sans nuage. Le soleil se faisait bien sentir, notamment derrière la vitre.

Au beau temps et à la bonne table s'ajoutait le bonheur indéfinissable d'être ensemble, autant pour Nat que pour Jo et Phil. Après le repas, Jo et Nat décidèrent de marcher sur l'espace aménagé le long de la mer, jusqu'à la petite chapelle et l'Auberge de Jeunesse, ancien Abri du Marin fondé par Jacques de Thézac en 1901. Phil rejoignit à pied l'hôtel distant de quelques centaines de mètres pour transmettre tous les éléments recueillis et interroger les fichiers pour la BFM.

— Ici, c'est merveilleux… Cette qualité de vie que l'on peut avoir… Regarde un peu ce décor… (Nat se laissait aller à rêver) J'aimerais de temps en temps pouvoir poser mes valises et venir dans un endroit, comme ici… Oublier… Tout oublier… Venir quelques jours… quelques semaines… peut-être plus.

— C'est vrai… J'y pense également souvent… Et puis il y a le travail… Nous remettons le nez dans le guidon dans le peloton du boulot… Nous sommes pris à nouveau, plus le temps de regarder le paysage, de prendre du recul… Une vie de con !

Ils laissèrent leur esprit vagabonder un peu, assis l'un à côté de l'autre sur un banc, face à la mer, non loin d'une statue en bois, plus haute qu'un homme, représentant parfaitement un cormoran, réalisée par un artiste lors d'un concours organisé par la ville.

*

Le rendez-vous de l'après-midi concernait le syndicat des marins-pêcheurs. Le bureau était petit, médiocre, des posters de chalutiers visiblement anciens se mélangeaient avec ceux de bateaux de pêche plus récents et côtoyaient des photos de manifestations de marins-pêcheurs.

On remarquait également sur un cliché un ancien ministre de la mer, célébrité locale, au cours d'une réunion quelconque aux côtés de l'homme qui accueillait Nat et Jo.

Cet homme paraissait méfiant, sur la défensive. Peu bavard, il fallait lui arracher les mots qu'il débitait avec un fort accent local.

— Alors, qu'est-ce qui a changé ?
— Rien ou presque !
— Y a-t-il eu des remises en cause ?
— Non, pas vraiment, ce n'est pas facile dans notre métier. Par contre, il y a eu quelques dépôts de bilan, tant dans l'armement que dans le mareyage ! Malheureusement !
— Pourtant, il semble que certains innovent ! Je pense à Guardi-Kergaloudec par exemple !
L'homme baissa la tête, réfléchit, semblait hésiter en cherchant ses mots :
— C'est vrai… Je dois dire que ce gars-là… On n'y comprend pas grand-chose.
— Comment ça ?
— Il faut dire que l'équipage tournant, c'est bien, on le réclame depuis longtemps, mais tout de même, c'est étonnant… Et puis, il y a cette équipe particulière qui n'intègre aucun marin de chez nous… On ne sait même pas d'où elle vient…
— C'est un problème ?
— Oui et non… Non, car c'est celui de l'armement… Oui, parce que c'est bizarre…
— Qu'est-ce qui est bizarre ? D'où sont-ils ?
Il haussa les épaules, impuissant :
— Personne ne le sait ! dit l'homme, véritablement dépassé.
— Comment est-ce possible ?
— Ils débarquent leur pêche, amarrent le bateau et partent… Voiture puissante, direction Paris ou ailleurs !
— Mais que dit l'équipage local ?
— Rien… Il est content, il ne comprend rien non plus, mais il est mieux payé qu'avant. Il a un fixe au

mois et élevé en plus, tout ce que nous demandons sans trop y croire, compte tenu de la spécificité et des difficultés du métier… Alors, vous pensez !

— On nous a dit qu'un des deux chalutiers débarque sa pêche demain matin ?

— Oui, c'est justement l'équipage supplémentaire, vous le découvrirez ainsi.

— Ce sont toujours les mêmes hommes ?

— A priori… Mais vous savez, on ne va pas leur demander leur carte d'identité !

L'homme fut beaucoup plus à l'aise pour parler des métiers de la mer. Il reprit confiance et révéla même beaucoup de choses à Nat et Jo qui, finalement, voulaient en savoir encore plus. Il sut les intéresser, mieux, les captiver, à la fois par ses explications souvent complétées d'anecdotes, à tel point qu'il devenait intarissable, contrairement au début de l'entretien.

*

Dans la soirée, ils rejoignirent leur chambre à l'*Hôtel des Halles*. Jo rendit compte rapidement à Phil de cette journée fructueuse en découvertes de toutes sortes. Il finissait lui aussi par se laisser gagner par l'enthousiasme.

— Voilà, je t'ai raconté notre journée. Contre toute attente, ici, ça bouge… C'est incroyable…

— Oui, oui, l'intérêt sera maintenant la BFM à Rungis si je comprends bien, répondit Phil.

— Oui, la marchandise, une fois débarquée au port, devrait arriver demain, en fin de journée sans doute… Surveillance totale, jour et nuit… Pour nos collègues à Rungis, je te communiquerai les coordonnées du camion par téléphone et tu demandes de ne pas le lâcher d'une semelle! De voir aussi comment faire avec les chiens… Mais qu'ils n'interviennent surtout pas à l'intérieur…

— D'accord, je transmets… Comment va Nat? demanda Phil.

— Finalement c'est un peu grâce à elle qu'on avance car on les met en confiance avec sa carte professionnelle de journaliste, elle s'amuse comme une folle… Elle joue à la journaliste. Ni vu ni connu… Nous n'avons pas pris contact avec la police locale ni le SRPJ… Tu pourras t'en charger?

— D'accord, pas de problème, je m'en occupe.

— Et les autres, qu'est-ce que ça donne?

— D'après le patron que j'ai eu tout à l'heure, pas grand-chose… Eh bien d'accord, je m'occupe de tout ça, je reste ici, je vais me faire livrer quelque chose ou je descendrai comme hier soir à côté au restau *Le Comptoir*, c'est très sympa et super bien situé… On se tient au courant par portable, de toute façon.

Jo quitta la chambre, affichant un fier sourire. Il était content et se rendit dans la chambre voisine pour prendre Nat.

Il frappa d'abord discrètement, puis plus fort. Personne ne répondit. Il mit la main sur la poignée et l'abaissa doucement… La porte s'ouvrit, fort heureusement, ce n'était pas ce type de porte qui ne s'ouvre que par code ou par carte magnétique… Il s'introduisit dans la chambre, emplie d'un fond musical diffusé par l'iPhone de Nat… Celle-ci prenait une douche et chantonnait en même temps.

Jo regarda rapidement dans la pièce pour mettre un mot sur la table. Sur la chaise, la valise était ouverte. Il s'en approcha et remarqua alors la photo qu'il avait déjà vue dans l'appartement de Nat. Il la prit.

Au dos était écrit de la main de Nat : « Ma fille… Je te vengerai… Je te le jure… ». Dans le bagage, à l'endroit où se trouvait la photo, il crut apercevoir alors l'arrondi de la crosse d'une arme. Il écarta les vêtements et découvrit un Magnum 357… Il remit tout dans le même ordre, reposa la photo et repartit aussitôt très discrètement… Nat chantonnait toujours dans la salle de bain…

Revenu dans sa chambre, Jo s'assit sur le coin du lit, désemparé. Accoudé sur ses cuisses, la tête entre les mains, une sorte de rage montait en lui.

Puis, d'un geste inattendu, comme pour décharger une énergie accumulée, une peur trop longtemps refoulée, il se donna un coup violent, le poing fermé sur la cuisse, répétant d'une voix sourde :

— Bordel de merde ! Mais qu'est-ce qu'elle veut, mais qu'est-ce qu'elle fiche ?

Cela n'avait rien d'impersonnel, c'était un événement proche qui le frappait. Il aurait voulu comprendre, tout en redoutant la vérité. Mais il lui fallait bien se rendre à l'évidence. Il savait que le lien entre l'arme, Nat et les trois meurtres, ne le quitterait plus et l'éloignerait inexorablement de Nat. Il décida de ne rien dire à Phil.

Puis, pour ne pas gâcher la soirée qui s'annonçait, il tenta d'écarter ces pensées. Il conclut qu'il était inutile de faire des suppositions tant qu'il n'aurait pas passé en revue dans sa tête tout ce qui s'était déroulé depuis leur première rencontre.

Il appuya sa tête contre la vitre froide de la fenêtre et regarda à l'extérieur. Un crépuscule de printemps d'une grande douceur descendait sur la ville, illuminant d'orange les toits des immeubles qui dépassaient les remparts de la Ville Close que les rayons du soleil bas dans le ciel atteignaient encore, à l'ouest. Pendant un moment, il oublia tout au monde. Il resta à contempler le coucher du soleil jusqu'à ce que la dernière lueur orange eût quitté le beffroi.

Les yeux fermés, il s'efforça de chasser l'inquiétude qui l'assaillait. La photo et l'arme n'arrivaient pas à s'effacer de son esprit pour faire place à la beauté lumineuse et enjouée du visage de Nat.

Sa destinée s'acheminait déjà vers un dilemme. Celui-ci deviendrait son quotidien, minute après minute. Comment allait-il pouvoir vivre avec cette pensée et continuer à côtoyer Nat ? Comment le gérer ? Douleur, remords, angoisse étaient les nuages qui s'amoncelaient au-dessus de sa tête. Quand et comment éclaterait l'orage ?

Il sursauta à la sonnerie de son portable. À peine avait-il décroché qu'il entendit la voix joyeuse de Nat :

— Alors Jo, t'es prêt ?

— Heu… Oui, oui, presque… Cinq minutes… Au bar en bas ? D'accord…

— Dépêche, je t'attends ! Et Phil, que fait-il ?

— Il reste dans sa chambre, il gère l'administratif et sans doute a-t-il aussi des coups de fil à passer, à Gwen notamment… Les jeunes, tu sais ce que c'est ! plaisanta-t-il.

Il entendit Nat rire aux éclats à l'autre bout, avant de raccrocher. Jo dut se préparer à la hâte, préoccupé par ce qu'il avait vu et l'envie folle de la retrouver.

Il décida de tout mettre de côté ce soir afin de ne se consacrer qu'à elle. N'avait-elle pas, dans l'après-midi, à plusieurs reprises, laissé entendre qu'elle voulait passer une bonne soirée, voire faire la fête? Cette seule image lui permit de s'accorder un petit répit et, quatre à quatre, il descendit les escaliers.

Elle était là. Elle regardait dehors vers le beffroi. La lumière du salon l'éclairait, elle avait mis une robe qui mettait en valeur son corps remarquable. Il redécouvrit ses jambes parfaites que grandissaient encore de hauts talons…

Elle tourna alors la tête et l'aperçut. Ce fut durant les secondes qui suivirent comme un enchantement, la plus belle séquence de la scène du plus beau film d'amour. Il s'avança doucement vers elle, les yeux émerveillés. Ses cheveux étaient parfaitement coiffés en un mouvement harmonieux autour de son visage mat, auquel le brillant du rouge à lèvres apportait une note sensuelle. Sa démarche gracieuse lui donnait une allure flottante.

— Superbe… Tu es vraiment superbe… Comme tu es belle!

Il remarqua alors le verre qu'elle tenait à la main.

— Mais que bois-tu?

— Kir breton! Proposé et offert par le patron!

— Je croyais que tu ne prenais jamais d'alcool!

— Pour une fois, si! Le cidre ce n'est vraiment pas fort!

— Alors, même chose pour moi!

Ils s'installèrent au salon et prirent plusieurs kirs bretons qu'ils dégustèrent avec un plaisir évident. Ils riaient sans arrêt de tout et de rien, joyeux comme deux amoureux qui se découvrent.

— Jo, ce soir, emmène-moi manger au bord d'une plage, face à la mer…

— Je dois pouvoir trouver ce que tu cherches.

Il lui tendit la main pour l'aider à se lever et ils partirent tous les deux vers la voiture. Il la tenait par les épaules et elle par la taille. De sentir son corps contre le sien l'emplissait d'un bonheur immense qu'il s'efforça de contrôler. Il avait tellement peur d'avoir le mauvais geste, le mot, le détail qui peut nuire et tout gâcher.

Nat vint naturellement appuyer sa tête sur l'épaule de Jo. Il aurait voulu que ce déplacement en voiture ne finisse jamais.

Le véhicule prit la direction du quartier de la Croix, passa une nouvelle fois entre le phare et la chapelle, puis devant la crêperie *Côté Mer*, le Centre des Arts et de la Culture de la ville, construit à la place d'une importante conserverie autrefois. Il emprunta alors le boulevard Katherine Willy et longea la mer sur la gauche et les somptueuses villas sur la droite, jusqu'à la plage des Sables Blancs, zone en pleine modification avec la construction du futur centre de thalassothérapie, accompagné d'un important programme immobilier. Tout au bout, ils se garèrent sur un petit parking qui domine la côte et se rendirent au restaurant *Le Nautile* qui surplombe la plage, avec une vue panoramique sur la baie. À peine à table, Nat fit preuve d'une excitation particulière.

— C'est super ici… Allez, ce soir, on fait la fête !

— Pourquoi, il y a une raison particulière ?

— Non, aucune, mais je suis heureuse, c'est tout et ce n'est déjà pas si mal ! Ceci ne m'était pas arrivé depuis plus de deux ans !

Jo la regardait, posa sa main sur la sienne. Il ne la questionna pas. Il se souvenait de leur première rencontre, il avait été si maladroit. Il se contenta de l'admirer, une admiration d'une violence singulière. Il réalisait rétrospectivement qu'il était tombé immédiatement amoureux de cette femme. Mais tant de choses encombraient son esprit, il craignait à présent cette vérité qui ne manquerait pas de venir tout gâcher.

Ils commandèrent un plateau de fruits de mer et le serveur prit note des boissons. Jo demanda une bouteille d'eau minérale, mais rien n'arrêterait Nat ce soir.

— Et une bouteille de blanc, frais, dans un seau à glace, s'il vous plaît !

Le serveur, imperturbable et attentionné, ne remarqua pas la surprise de Jo et proposa :

— Muscadet, Gros Plant, Chinon, Bourgueil ?

— Pfiiiit ! J'en sais rien ! Ah si ! Vous n'auriez pas du Reuilly par hasard, pour monsieur La Vigne ! dit-elle en éclatant de rire.

— Bien sûr, Madame. Nous avons un excellent Reuilly blanc qui conviendra parfaitement.

— Super, ce soir je veux goûter du Reuilly !

Jo se demanda si l'expression était voulue par Nat et s'il devait retenir un double sens à cette phrase. Il l'ignorait véritablement.

— Je suis si heureuse d'être ici avec toi… Et toi ?

— Plus qu'heureux, c'est incroyable… Je n'ai pas de mots…

Elle parlait, parlait, riait beaucoup. Elle répétait souvent les mêmes mots, mais ceux-ci semblaient la rendre joyeuse. Elle les laissait sortir d'elle, un peu comme on laisse couler des larmes qui vous soulagent.

À partir de ce moment, Jo sentit qu'il était désormais lié à elle, comme on l'est au début d'une histoire d'amour, quand on n'a nul besoin de toucher l'autre ni de lui parler pour être en lui, indépendamment du drame dont il ignorait tout mais qui semblait les guetter et pourrait les séparer à tout jamais. Il se jura, une nouvelle fois, de ne plus y penser de la nuit. Le sourire de Nat était si fort, à ses yeux et à son cœur, que rien autour n'avait réellement d'importance.

À la fin du somptueux repas, Nat voulut à tout prix finir par du champagne, la demi-bouteille n'eut guère le temps de laisser échapper les bulles.

Ils se serrèrent l'un contre l'autre, amoureusement, en sortant du restaurant. Avant de rejoindre la voiture, Nat proposa d'aller marcher sur la plage. Ils empruntèrent l'escalier. En bas, Nat s'agrippa à Jo, le temps d'enlever ses talons hauts, puis, sur la plage, ils descendirent un peu plus bas vers l'eau pour rejoindre la bande de sable dur d'où la mer venait juste de se retirer. Ils continuaient à rire et à dire des bêtises sans arrêt, de blagues en boutades. Nat était de plus en plus enjouée. Ils parcoururent toute la longueur de la plage. Des relents de musique leur parvinrent alors.

— Un dancing ! Viens, on y va, on va danser… Déjà, elle l'entraînait, le tirant par la main, infatigable…

Dans la lumière tamisée, ils dansèrent à perdre haleine sur la piste peu occupée. Rien n'arrêtait Nat, elle avait visiblement un excellent sens du rythme et des mouvements. Après une série de rocks endiablés, suivit en fin de soirée un slow langoureux, programmé par le DJ qui les avait remarqués.

Nat chercha à se blottir, à se serrer tout au creux des épaules de Jo. Elle recherchait ce contact puissant, charnel… et ils s'embrassèrent tendrement, puis fougueusement… ils ne voulaient plus se séparer l'un de l'autre.

Quelque chose d'irréel se passait et pénétrait en eux. Ils n'avaient pas éprouvé cette sensation particulière depuis des mois. Ils se surprirent, un peu comme si leur corps avait changé d'essence, de densité, c'était comme un envol soudain.

Au retour, ils ne se parlèrent plus jusqu'à l'hôtel, cherchant sans arrêt le contact de leurs lèvres, de leurs corps. Nat se laissa guider, et Jo l'emmena dans sa chambre.

Les vêtements se dispersèrent dans la pièce. Jo caressa ce corps merveilleux qu'il osait à peine toucher, comme par peur de le profaner. C'était doux pour lui, de la sentir ainsi abandonnée, confiante… Il se sentit envahi par une impression de fragilité, il s'attendrit, lui chuchota des mots d'amour à l'oreille.

Cela faisait si longtemps qu'il n'avait éprouvé pareille émotion ! Subitement, il lui semblait être revenu des dizaines d'années en arrière. Cette vague de bonheur submergeait pareillement Nat.

Ils se donnèrent l'un à l'autre sans retenue.

Jo aimait Nat, parce qu'il aimait la tendresse, parce que l'amour à ses yeux ne devait pas être un conflit mais la contemplation confiante d'un visage aimé, d'un sourire serein, de gestes délicats, d'une poignante douceur.

Au paroxysme de leur communion, ils restèrent longtemps figés l'un dans l'autre, sans mouvement, pour retenir jusqu'au bout de la nuit, tout ce qu'ils avaient tellement voulu et exprimé l'un à l'autre, tout au long de cette soirée…

Puis ils s'endormirent l'un contre l'autre.

*

Au petit matin, quand Jo se réveilla, Nat n'était plus à ses côtés. Il l'appela, pensant qu'elle était peut-être dans la salle de bain. Il se leva et alla voir, personne. Les vêtements de Nat avaient disparu. Il regarda l'heure et décida de se préparer activement. La douche chaude le remit sur pied.

Il était prêt quand on frappa à la porte.

Il ouvrit. C'était Nat, en jeans, le quotidien avait repris le dessus et sa place.

« La fête est finie », songea Jo. Nat se contenta d'un salut amical.

— Salut ! Prêt à attaquer ? Phil vient de descendre, il nous attend pour le petit déjeuner.

— Prêt…

Il la regarda et remarqua qu'elle n'avait rien perdu de cette beauté simple et naturelle qui se dégageait d'elle. Elle tournait déjà les talons pour prendre le couloir qui menait à l'escalier.

— La fête est finie ? osa-t-il maladroitement.

— Un temps pour tout ! répondit-elle en s'éloignant, se retournant à peine et lui faisant un petit signe de la main.

Il la regarda filer et disparaître, appuyé contre l'encadrement de la porte de sa chambre.

*

À table, Nat était songeuse, quelque chose d'invisible la rongeait. Mais elle ne laissait aucune place aux sentiments qu'elle avait exprimés la veille. Sans doute aussi la présence de Phil devait-elle la mettre dans l'embarras, pensa Jo. Son élan naturel aurait voulu qu'il la serre dans ses bras, mais Jo dut se retenir pour éviter toute maladresse ou attitude qui put choquer Nat et sans doute Phil. Il voulait garder intacte la beauté de cet amour naissant et préserver celui-ci aussi longtemps que possible. Il craignait cependant qu'il ne soit qu'éphémère…

Il prit son petit déjeuner avec appétit tout comme Phil tandis que Nat trempait tout juste ses lèvres dans sa tasse de café.

À peine terminé, Jo se prépara à partir.

— Je file… Je prends l'appareil photo, je vais au débarquement du chalutier de Guardi-Kergaloudec. Tu ne manges pas ?

— Si, si, tout à l'heure, car tu sais que je vais rejoindre madame Guardi-Kergaloudec à l'*Amiral*…

— Tu nous raconteras !

Il était déjà debout près de Nat. Elle sourit enfin, en répondant :

— Si je veux !

Elle lui fit un clin d'œil et partit aussitôt.

— À tout à l'heure !

Il se retourna en sortant, elle le regardait s'éloigner et lui fit un signe qu'il rendit, rassuré. Il traversa la place devant les halles et regagna l'avenue Pierre-Guéguin puis le grand parking, en longeant l'Office de Tourisme, et se retrouva près de la cale, au début du quai du port. Au loin, une petite grue, utilisée pour le débarquement de la pêche des chalutiers, manœuvrait. Un camion frigorifique était “à cul” sur le quai. Des hommes y chargeaient des caisses en polystyrène.

Jo remarqua immédiatement monsieur Guardi qui contrôlait les opérations. Il demandait aux badauds de se tenir à distance pour ne pas gêner le déchargement. Jo nota le numéro d'immatriculation du camion. Il correspondait bien au département 94 et pouvait donc être de Rungis. Sur les côtés, des poissons étaient peints et le nom de la société ressortait en bleu sur fond blanc.

Jo s'approcha de monsieur Guardi et prit quelques photos. Il le reconnut.

— Ah, vous êtes là ? Ne venez pas trop près, vous pourriez gêner les opérations de débarquement…

— Non, non, rassurez-vous !

— Votre collègue n'est pas avec vous ?

— Non, du rédactionnel à faire ! Paperasse, paperasse ! Je viens juste faire quelques photos !

Jo pensa immédiatement que Guardi ne savait pas que son épouse était avec Nat, comment réagirait-il s'il l'apprenait ?

— Alors, bonne pêche ? demanda Jo à Guardi.

— Oui, très bonne même, comme d'habitude !

— Il reste beaucoup à débarquer ?

Jo regarda rapidement dans le camion qui semblait peu chargé.

— Non, ils terminent !

— Cela ne fait pas une grosse quantité !

— Monsieur ! Ce n'est pas la quantité qui compte, mais la très grande qualité, de plus tout est préparé, il n'y a plus rien à jeter !

Le ton était ferme et sec. Sur ces mots, il tourna les talons.

Quelques instants plus tard, le débarquement était terminé. Deux marins de l'équipage approchèrent deux Renault Espace. Les bagages furent chargés rapidement. Dans le même temps, le chauffeur du camion avait calé sa marchandise pour éviter qu'elle ne se déverse, en posant des grilles fixées aux côtés contre les caisses. Il verrouilla les portes et s'en alla.

Guardi demanda à un petit groupe d'hommes qui venaient d'arriver de s'occuper du bateau. Ils montèrent à bord et préparèrent la manœuvre.

Guardi prit sa voiture et quitta les lieux. Jo se hasarda à demander aux marins où ils allaient, puisque le moteur du bateau avait été mis en marche et qu'il semblait prêt à partir.

— Tout simplement le long du quai de l'arrière-port, pour l'avitaillement en vivres, en glace et en carburant ! répondit l'un d'entre eux qui décrochait l'amarre.

Son accent trahissait bien ses origines bretonnes, voire concarnoises…

Quand le camion frigorifique eut disparu, Jo décida d'aller vers l'armement en longeant le quai pour voir si le camion venait également au siège avant de partir. Mais en arrivant, il vit au loin le camion passer sur le pont qui dominait l'arrière-port pour sans doute prendre la direction de la voie express par Kérampaou, comme ils l'avaient fait en venant. Était-il venu avant d'aller au chalutier ?

Quel lien existait-il entre les installations de l'armement et le chalutier ? Y en avait-il un ? Lequel passait la drogue ? Étaient-ils impliqués tous les deux ?

Le chalutier passa tout doucement le long du quai à sa hauteur, dépassa ensuite le sablier et le bateau de recherche océanographique d'Ifremer et alla s'amarrer un peu plus loin.

Jo prit le chemin inverse, le long du quai, et appela Phil sur son portable, pour lui donner ses informations sur le camion et les deux voitures de l'équipage.

*

Il se rendit ensuite à l'*Amiral*. Nat sortait justement de l'établissement au moment où il arrivait.

— J'allais à ta rencontre, alors ce débarquement ?

— C'est fini, tout est ramassé, plié ! On retourne dans le bar ? Tu m'accompagnes prendre un café ?

— Si tu veux ! Hum, tu sens le poisson !

— Pourtant, je n'en ai pas touché !

Ils rentrèrent à nouveau à l'*Amiral* et s'installèrent à une table du salon…

— Alors, quel est ton avis ?

— Ça me paraît louche, mais je n'ai rien vu. Le bateau a été déchargé dans le camion, celui-ci est parti, les marins aussi et le bateau a été déplacé pour se préparer au départ. Je ne vois pas où il y a tricherie… Et Madame ?

— Elle est super ! Mais je pense qu'elle est à des années-lumière de tout ça… Elle est très cultivée, elle m'a avoué que son rêve serait de tout bazarder et d'avoir une très grande galerie d'art à Concarneau et à Quimper. Je pense qu'elle peut parler culture pendant des heures, mais elle n'a rien pu me dire sur le grossiste de Rungis. Visiblement, elle n'est au courant de rien dans ce domaine, je la crois sincère et honnête.

— Pourtant, elle travaille tout de même au bureau et s'occupe aussi de la gestion !

— C'est vrai, mais si j'ai bien compris, depuis le décès de son père, son mari a fait main basse sur une grande partie de l'activité qui lui échappe complètement… Comme il y a eu des rentrées d'argent, que les choses vont bien, elle ne pose pas de question, ça va mieux et puis c'est tout ! Je crois aussi que les sentiments entre son mari et elle se sont un peu effilochés. Monsieur Guardi vient très peu à Concarneau, en réalité, juste quand ses chalutiers débarquent et encore, uniquement lorsque c'est l'équipage, disons spécial… Elle m'a aussi dit que son époux était interdit de séjour dans les bureaux de l'armement, du temps de son père… Elle m'a fait les éloges de son père… Il semble bien que c'était un grand bonhomme, une sacrée personnalité sur la place. Honnête, droit, humain, tout quoi, et tout le contraire du gendre ! Tu as communiqué les infos à Phil ?

— Oui, oui, c'est fait.

— A-t-il eu des retours d'infos sur la BFM ?

— Mais dis donc, tu suis l'affaire comme un chef, on dirait !

— Excuse-moi ! Et puis on fait équipe, oui ou non ? dit Nat en riant.

— Bien sûr, ma grande ! J'en profite pour t'informer dans ce cas que j'ai demandé des renseignements sur les trajets du cargo de la compagnie Gwenn Ha Du, ainsi que ceux affrétés par elle depuis deux ans.

*

Dans la matinée, Jo et Nat rencontrèrent le président du collectif des mareyeurs de Concarneau, mais n'apprirent rien de nouveau.

Vers midi, ils arpentaient les quais en direction du chalutier de Guardi pour tenter de parler avec les hommes d'équipage. Ils sortaient justement du bateau au moment où Jo et Nat arrivaient.

— Messieurs, bonjour !

— Bonjour ! répondirent presque en chœur les cinq hommes d'équipage.

— Vous allez déjeuner ?

— Oui, au *Foyer des Gens de Mer*, c'est juste un peu plus loin !

— Pouvons-nous nous joindre à vous ? Nous faisons un reportage sur la pêche. Nous aurions voulu parler avec vous tout en mangeant, pour ne pas vous faire perdre de temps !

— C'est-à-dire qu'on travaille et on n'a pas beaucoup de temps !

— Oui, oui, nous savons, nous avons vu madame Kergaloudec hier, alors…

— Ah bon ! Si vous en avez parlé à Madame !

L'un des hommes reconnut Jo :

— Vous étiez sur le quai tout à l'heure avec monsieur Guardi. Vous m'avez demandé où nous partions avec le bateau…

— Exact ! Vous avez l'œil, dites donc !

— Suivez-nous alors, si vous voulez, mais je vous préviens, ce n'est pas un restaurant gastronomique. Par contre, c'est sympa, nous l'apprécions. Dommage, il risque de fermer à ce qu'il paraît… Faut dire que sur le port ce n'est plus l'activité d'avant, il n'y a plus beaucoup de marins…

La glace était rompue entre eux, Jo et Nat semblaient avoir été acceptés.

Tous se rendirent en plaisantant au restaurant. Jo et Nat s'aperçurent rapidement que l'établissement annonçait ses activités de restauration et d'hôtel en façade, en blanc et bleu, mais avait fière allure. Brouhaha et rires les saisirent dès la porte franchie. La salle était grande et presque toutes les tables étaient occupées. Ils suivirent les marins qui demandèrent de réunir deux tables afin d'asseoir tout le monde ensemble.

Jo proposa l'apéritif afin de rendre le dialogue encore plus facile. Celui qui semblait être le patron, méfiant, les interrogea :

— Alors comme ça, vous faites un reportage… C'est pour *Ouest-France* ou pour *Le Télégramme* ?

— Ni l'un ni l'autre. Presse parisienne et magazine. Nous faisons le point, quelques années après les événements sociaux qui ont secoué le monde de la pêche…

— Ah bon !

— Pouvez-vous nous dire quelle est la fonction de chacun d'entre vous ?

— Moi, je suis le patron du bateau, lui est chef mécano, il est en charge de l'approvisionnement en carburant et de l'entretien, lui est cuistot et doit s'occuper de l'avitaillement en vivres, lui est bosco, il est responsable de la qualité de la pêche et de la livraison de la glace qu'il faut compartimenter dans la cale et lui est responsable de tout le matériel de bord. Le reste de l'équipage ne vient qu'au dernier moment…

— Vous venez de rentrer, là. Vous avez fait bonne pêche ? se hasarda Jo.

— Non, ce n'était pas nous ! répondit le patron, réservé et méfiant, tandis que tous les hommes semblaient ennuyés.

— Comment ça, pas vous ?

— Non, monsieur Guardi, enfin le mari de madame Kergaloudec, a mis un système d'équipages tournants… Et c'est très bien d'ailleurs, hein, les gars ?

Les hommes approuvèrent de la tête, sans rien dire. Seul le bosco semblait vouloir s'exprimer, sans oser le faire pour l'instant.

— Je comprends, mais ils ne restent pas avec vous ? Ce sont vos amis ou vos collègues, pourtant…

— Non, pas vraiment.

Le patron était de plus en plus gêné.

— Comment ça, vous ne vous connaissez pas entre marins ? ajouta Jo, toujours avec la volonté de les faire parler.

— Ah, pour ça si ! répondit le bosco pour venir en aide au patron que les questions commençaient à indisposer. On se connaît tous sur le port, hein, les gars ? Mais pas eux !

— Ils viennent d'où, alors ? demanda Nat.

Ils se contentèrent de hausser les épaules, évasifs. La question resta sans réponse. Heureusement pour les marins, la serveuse arriva, sauvant la situation.

— Plat du jour pour tout le monde et vin en carafe, ça ira ? annonça-t-elle en montrant au mur le tableau sur lequel était affiché le plat quotidien.

— Mais tu sais que tu es de plus en plus belle, ma jolie ! lança le bosco, visiblement le gai luron du groupe, à l'attention de la serveuse.

— C'est parce qu'il n'y a que des beaux marins, par ici !

— C'est c'coup-ci qu'on t'emmène avec nous en mer ?

Hilarité générale de la tablée. La serveuse était visiblement habituée à ce genre de propos. En femme avertie et dynamique, elle semblait toujours maîtriser la situation, en toutes circonstances.

— Quitte à faire un tour, c'est pas en mer que j'aimerais aller, si tu vois c'que j'veux dire !

Elle avait assorti son propos d'un clin d'œil coquin et, commande prise, repartait déjà vers une autre table.

Sans doute y eut-il des propos similaires car les rires fusèrent un peu plus loin.

— Elle est gentille, se contenta de dire le bosco. Elle est toujours en forme et a toujours le mot pour rire… Et je suis sûr que c'est pour cette raison qu'il y a toujours autant de monde ici !

— J'ai vu débarquer des caisses toutes prêtes. Tout le monde met son poisson en caisses, comme vous, à Concarneau ? reprit Jo en s'adressant au bosco.

— Non, il n'y a que nous !

— C'est plus de boulot pour vous !

— C'est sûr, mais nous avons des avantages, reprit fièrement le bosco.

— Comment ça ?

— En jours de repos et en salaire, reprit plus sèchement le patron.

— Vous croyez que c'est plus rentable pour l'armement ?

— Ah ça, dit le bosco, s'il le fait, c'est qu'il doit s'y retrouver, il n'est pas fou, le Guardi ! Et nous fonctionnons de cette manière depuis un an, si ça ne marchait pas, on le saurait, non ?

— C'est vrai !

Jo s'efforçait de se montrer rassurant, mais il avait beaucoup de questions à poser et il devait s'arranger pour ne pas trop les agacer.

— Mais quand même, on aurait dit que vos collègues n'avaient pas beaucoup de pêche…

— C'est sûr, ils font toujours la moitié moins que nous !

Rires des marins, tous d'accord, cette fois.

— Vous êtes meilleurs qu'eux, alors !

— C'est pas bien difficile !

Un homme d'une cinquantaine d'années venait d'entrer, en vareuse bleue, tenue des anciens matelots, le teint très rouge de celui qui boit. Il semblait avoir quelques difficultés à marcher droit, il bouscula un peu leur table en passant.

— Alors, les gars, parés pour la route du large ? bredouilla-t-il à leur attention.

Sans doute était-il ivre.

— Ouais, mais pas toi, on dirait ! lança en riant le bosco.

— Moi… La mer… j'm'en fous… !

Le bosco crut bon de préciser la situation de cet individu qui se dirigeait, en titubant, vers une autre table.

— C'est un ancien patron de pêche. Il a eu des ennuis en mer et chez lui… Et depuis, il est complètement tombé dans la bibine (appuyant l'expression d'un geste approprié)… Pourtant, avant, c'était un brave gars, très sympa même… Comme quoi…

— En tous les cas, il n'a pas une tête à sucer de la glace, si vous me permettez l'expression, pourtant ce n'est pas ce qui manque dans vos cales de bateau !

— C'est vrai, seulement, vous n'avez pas intérêt à la sucer comme vous dites, la glace pilée qu'on a chargée à bord !

— Et pourquoi ?

— Parce qu'elle contient de l'ammoniaque ! Tout le monde se mit à rire.

— De l'ammoniaque ?

— Oui, les bateaux prennent une glace faiblement ammoniaquée, pour une meilleure conservation du poisson.

— Tu le savais ? demanda Nat à Jo.

— Non, pas du tout !

— Ce sont surtout les chiens qui n'aiment pas ça !

— Comment ça ? fit Nat, de plus en plus étonnée.

— Si vous avez un chien qui fait pipi quelque part chez vous... vous savez que, même si vous lavez, il aura tendance à revenir au même endroit... Lui ou un autre chien d'ailleurs...

— Oui, c'est vrai !

— Quand vous avez lavé, mettez donc de l'ammoniaque, j'peux vous dire qu'ensuite, il va éviter l'endroit ! Garanti !

— À ce point-là ?

— C'est sûr ! Comme j'vous le dis, ils détestent l'odeur d'ammoniaque, c'est un agent répulsif pour eux.

Jo et Nat se regardèrent et pensèrent la même chose au même moment...

Afin d'éviter de rester dans des questions trop directes, ils les invitèrent à parler un peu de leur quotidien à bord, d'anecdotes de mer, d'histoires de toutes sortes concernant leur vie de marin-pêcheur. Cette fois, les choses allaient beaucoup mieux, ils devinrent intarissables et furent dans les derniers à quitter le restaurant. Mais tout le monde semblait satisfait et les marins heureux d'avoir fait partager leur vie aux Parisiens, fussent-ils journalistes.

À peine séparés, Jo appela Phil sur son portable pour le prévenir.

— Incroyable… Le coup de l'ammoniaque, c'est vraiment pas mal ! Normalement, c'est faiblement ammoniaqué, mais j'imagine qu'ils doivent en rajouter copieusement, une fois la drogue mise au milieu de la glace… Les chiens peuvent toujours passer dans le coin, même tout près ! Ils ont vraiment tout pour eux… Oui… Oui… tu as eu le patron et il veut que nous rentrions… On va repartir… D'accord… Bon, très bien… À plus.

*

Jo et Nat revinrent vers l'hôtel. Il ne servait à rien de rester plus longtemps. Le point était fait sur Guardi, à présent, il fallait comprendre ce qui se passait et comment venait la drogue… Il ne semblait faire aucun doute que la drogue était transportée par le camion frigorifique, venait-elle des chalutiers, du cargo rencontré en pleine mer, y avait-il contact entre eux à un moment, quand, comment ? Autant de questions qui restaient à élucider. Les recherches en cours devraient permettre d'expliquer chaque chose.

— Nous faisons nos valises et nous nous retrouvons dans une demi-heure, j'ai eu Phil également…

En sortant de l'hôtel, ils ne purent se retenir de dire qu'ils quittaient l'établissement à regret, il avait représenté tellement de choses en si peu de temps pour Jo et Nat ! Phil arrivait avec la voiture à leur hauteur et embarqua tout le monde et les bagages.

— Phil, avant de quitter Concarneau, pourrais-tu passer par la corniche, une dernière fois…

— Si tu veux… Avec plaisir, mais pourquoi dis-tu « une dernière fois » ?

Silence de Nat.

La voiture prit une nouvelle fois la direction de la place de la Croix avec son phare blanc et rouge qui regarde la mer et sa petite chapelle, passa devant la fameuse crêperie *Côté Mer*, puis longea la côte par la corniche jusqu'à la plage des Sables Blancs à l'autre bout. À la hauteur du restaurant, Nat demanda à Phil qui ne connaissait pas les lieux de s'arrêter et de se garer sur le petit parking… comme la veille, devait-elle penser.

Nat vint s'asseoir sur le rebord du mur et regarda la plage bien plus bas à ses pieds. Le temps était calme et les vagues de faible intensité. Elles venaient mourir presque sans bruit sur le sable fin, comme une respiration lente de la mer, et quelques oiseaux suivaient le rythme des vagues pour trouver leur pitance. L'anticyclone des Açores faisait aussi ses valises, car des nuages s'amoncelaient au large et venaient en direction de la côte. Le temps allait changer.

Jo vint la rejoindre et resta debout à ses côtés.

Dans leurs yeux et dans leur cœur, ils revoyaient cette folle soirée où ils avaient été si heureux tous les deux ensemble. En poussant un léger soupir, Nat laissa échapper :

— Comme elle était belle, cette plage au clair de lune… C'était plus beau qu'un rêve !

Jo pensait la même chose mais ne bougea pas, tandis que Phil recevait un appel téléphonique et restait au volant. Nat se leva, se retourna, faisant face à Jo. Ils se regardèrent tendrement, prêts à craquer à tout moment. Jo voulut parler :

— Nat… Je voudrais te dire…

— Chuuuuuut…

Elle mit son index devant la bouche de Jo pour lui faire comprendre de ne rien ajouter…

— Allez, on y va.

Elle s'écartait déjà pour rejoindre la voiture et monta à l'arrière.

Jo resta là, bras ballants et dit pour lui-même :

— L'autre soir… Le restaurant… La soirée… C'était super…

Il s'assit sur le mur tandis que Nat refermait la portière. Il parcourut une dernière fois cette jolie plage du regard, puis monta à son tour à l'avant, à côté de Phil qui raccrochait.

Avant de démarrer, Jo se tourna vers l'arrière pour regarder Nat. Elle avait les yeux brouillés par les larmes… Elle s'efforçait de regarder devant, entre Phil et lui, pour ne pas affronter son regard. Elle ferma les yeux comme par lâcheté, en se laissant aller un peu plus contre le dossier de son siège comme pour se reposer, elle se contenta de dire :

— Partons !

Désemparé, amer, triste, ne comprenant rien ou presque, à cette fuite ni aux états d'âme de Nat, Jo s'adressa à Phil :

— Allons-y…

Phil se demandait ce qui se passait mais ne dit rien, démarra et prit la direction de Paris.

Jo avait la désagréable sensation que le compte à rebours commençait à s'égrener. Qu'allait-il se passer ? Il ne savait rien de précis pour l'instant, mais redoutait tellement de choses, de si mauvaises choses, pour elle, pour lui, pour eux…

Devant le mutisme de ses passagers, Phil voulut parler et, au prix d'un énorme effort, Nat se redressa et vint un peu à leur hauteur juste derrière, approchant sa tête entre les deux sièges de l'avant. Elle demanda à Phil ce qu'il voulait faire car son poste à la brigade des stups était éphémère, à moins qu'il demande à y rester…

Il lui avoua qu'il ne le souhaitait pas et qu'il visait plutôt un poste définitif dans une ville moyenne entre cinquante et cent mille habitants pour être à la fois dans une ville et un commissariat à taille humaine.

— Et tu envisages de te marier avec Gwen ?

— Oui, dès que j'aurai le poste souhaité en province et que notre situation sera stabilisée pour un moment.

— Tu vises une région particulière ?

— Non, pas vraiment, mais la Bretagne nous brancherait bien…

— Je te souhaite plein de succès et beaucoup de bonheur. Profite de chaque instant, tout est si fragile… Elle rajouta comme dans un souffle : on n'a qu'une vie et on ne meurt qu'une fois…

Nat se laissa aller contre le siège à nouveau, ferma les yeux et, visiblement, dut s'endormir car elle ne parla plus jusqu'à destination, tout comme Jo, endormi également.

La haine n'a jamais rien créé.

Dantès Bellegarde.

X. ET LA BOUCLE EST BOUCLÉE

Jo et Phil devaient rencontrer le chef avant la réunion pour établir un rapport contradictoire sur l'affaire.

— Excellent travail, à tous les deux. Le camion est bien arrivé hier soir comme prévu. Nous avons fait tourner plusieurs équipes avec des chiens et avons bien passé le mot qu'il s'agissait de chercher des clandestins. Cela nous a permis d'aller dans leur local. Au sujet du camion, rien… Les chiens n'accrochent pas du tout, au contraire.

— Normal, c'est l'ammoniaque…

— Sûrement.

— Quand je pense que nous avons appris cette histoire d'ammoniaque tout à fait par hasard… Je suis convaincu qu'au beau milieu de chaque palette de caisses en polystyrène, le camion transporte de la coke, bien emballée et entourée de glace ammoniaquée, à la place du poisson. C'est génial comme combine !

— En tous les cas, pour nous, il n'y a plus de doute. Mais tu vas être époustouflé car, dans le même temps, nous avons informé Europol de notre opération. Figure-toi qu'elle se recoupe avec l'Espagne, l'Italie, la Grande-Bretagne et les Pays-Bas…

— Non !

— Si ! Le grand coup, mon vieux ! Démantèlement du réseau Colombie via avion qui se pose entre la Colombie et l'Europe, cargo, puis distribution aux chalutiers dans la combine, directement sur leurs lieux de pêche, enfin, si on peut parler de pêche, car ce n'est pas leur but premier !

— C'est pas vrai !

— Mais si ! Ensuite, débarquement tranquille à Concarneau, puis, ni vu ni connu, en camion direction Rungis et arrosage national. C'est la même chose en Espagne pour Madrid via la Corogne, la Grande-Bretagne pour Londres via Preston, l'Irlande via Cork, l'Italie pour Rome via Naples, les Pays-Bas via Amsterdam, la Belgique via Ostende… De la folie… Inondation européenne !

— Et qu'est-ce que vous avez sur la BFM et la compagnie Gwenn Ha Du ?

— Tout d'abord BFM, participations croisées, dans tous les sens, de monsieur Guardi, jamais madame, ni Galliardi. Fonds surévalués, achats de parts sociales, participations dans d'autres affaires situées dans les principaux autres MIN de France !

— Et Gwenn Ha Du ?

— On n'a rien pour l'instant, les vérifications sont en cours, mais rien, a priori, contre toute attente !

— J'aurais juré que le cargo était la clef de voûte du trafic !

— Eh bien, pour l'instant, non ! Par contre, point commun, Galliardi semble avoir des contacts dans chaque pays concerné par le trafic. Il a été vu partout, mais il n'est dans aucune société, donc on peut penser qu'il doit avoir ses comptes en Colombie ou dans un des pays exportateurs et qu'il doit posséder tout ce qu'il faut pour vivre le restant de ses jours sans jamais manquer de rien, dans des paradis fiscaux très complaisants, je ne sais pas ce qu'on attend sur le plan international pour contrôler l'activité des paradis fiscaux et arrêter tout ça !

— Cette fois, la boucle est bouclée, quand refermons-nous le filet ?

— Je vais l'annoncer tout à l'heure !

— Et les collègues ?

— Ils n'en reviennent pas, tout se recoupe.

— Pourquoi Guardi s'est-il mis dans cette merde ?

— C'est simple… Ses deux boîtes s'étaient plantées, l'une à cause de la crise de l'immobilier, l'autre à cause de la crise de la pêche. Il a eu le malheur d'avoir été mis en contact avec Galliardi, on ne sait pas encore comment, puis il a dû s'enfoncer, ne plus pouvoir rembourser. Galliardi offrait alors une solution pour effacer les compteurs et, cerise sur le gâteau, lui permettre de s'enrichir « sans risque » !

— Le piège !

— Mais depuis, on a aussi découvert que Guardi menait une double vie avec une très jeune et très jolie femme à Paris. Avec le recoupement de leurs deux comptes personnels, il semblait mettre le paquet de côté, pour un jour partir avec l'argent et la fille, direction l'Amérique du Sud ou ailleurs, dans un pays d'où on n'extrade pas. A priori à très court terme, au vu du magot mis de côté et des dispositions qu'il semblait vouloir prendre !

— Et maintenant, comment vont se dérouler les opérations ?

— Tout ce beau monde est sous très haute surveillance, faits et gestes. En cas de départ, arrêt à la frontière ou à l'aéroport en douceur, sinon, demain, tout le monde ensemble, crack !

Il appuya la parole d'un geste de la main.

— Finalement, la Bretagne, ce n'était pas un tuyau percé !

— Je vous l'avais bien dit qu'il fallait aller voir ! Il regarda sa montre.

— Allez, on y va, vous appelez Nathalie ?

— J'y vais, proposa Phil qui se leva et quitta le bureau.

Jo, très gêné, ne savait pas très bien par où commencer pour exprimer ses doutes et son inquiétude.

— Oui, je vous disais… à propos de Nathalie… Enfin, j'ai un doute…

— Oui… sur ?

— Vous la connaissez très bien, vous devez savoir de quoi elle est capable…

Sans laisser Jo terminer sa phrase, le chef répondit, très loin des préoccupations de son subalterne :

— C'est une femme exceptionnelle, courageuse, tenace, qui va jusqu'au bout de ses idées, vraiment quelqu'un de très bien… Pourquoi ?

— Pour rien, non, non, rien… Je dois d'abord vérifier, mais je vous dirai…

Jo était incapable de s'expliquer davantage, il se sentait ridicule de poser des questions sur Nat pour tenter d'accréditer ses soupçons. Il trouva soudain sa démarche minable et renonça à aller plus loin. Le chef, lui, ne perçut à aucun moment l'énorme poids qui pesait sur les épaules de Jo.

— Bon, on y va...

Le patron pensait à autre chose et surtout à sa réunion et au déclenchement des arrestations...

*

Elle était assise à sa place habituelle, accoudée au bureau, le menton posé sur une main.

— Alors que fais-tu ?

— Rien...

Elle avait l'air désabusé, tandis que Phil arrivait, très content des excellentes nouvelles. Il voulut lui faire partager sa joie et sa satisfaction.

— Tu sais, cette fois, on tient le bon bout... Démantèlement du plus grand réseau européen de drogue à partir de la Colombie ! Une première européenne, du jamais réalisé !

— C'est vrai ? Je suis contente que l'opération réussisse... Pour toi, pour Jo, pour toutes les équipes qui sont depuis si longtemps dessus...

— Je prends mon bloc et on y va.

Dans sa hâte, Phil ne remarqua pas tout de suite que Nat était triste, ni ses yeux rougis.

Il en prit conscience juste au moment de sortir et revint vers elle, posant ses mains sur ses épaules...

— Quelque chose ne va pas ?

— Non... Tout va bien... Elle secoua et baissa la tête.

— Phil...

— Oui ?

— J'ai… J'ai fait des choses… des…

Dans le couloir, une personne les appela pour aller en salle de conférences.

— Oui, oui, nous arrivons… Nat, alors ?

Cette fois, c'était Phil qui n'était pas totalement disposé à écouter, bousculé par la nécessité de rejoindre les autres sans tarder.

— Non, rien… Plus tard… Allons-y, ils nous attendent.

Ils retrouvèrent Jo à l'entrée de la salle, Nat remit à plus tard la conversation, reportant l'échéance fatidique. Elle emprunta la première le couloir. Phil resta quelques secondes, songeur, hésitant malgré tout, puis la rattrapa dans le couloir.

Leur entrée dans la salle de conférences fut marquée par un tonnerre d'applaudissements tandis que tout le monde se levait.

Jo, Phil et Nat étaient très émus. Nat se mit à pleurer. Cette émotion allait si bien à sa tristesse du moment qu'elle ne put se retenir. Puis ils rejoignirent leur place habituelle.

— Mesdames, Messieurs, aujourd'hui est un très grand jour ! Et chose curieuse, je n'entends plus de quolibets ni la chanson des chapeaux ronds de l'autre jour ! (Rire général). Finalement, la piste suivie par Phil, Jo et Nat était la bonne, certains d'entre vous la recoupent par d'autres MIN… Je vous informe que nous sommes à la veille de la plus grande vague d'arrestations jamais connue à ce jour en France et en Europe ! Nous allons intervenir simultanément dans plus de vingt grandes villes et nous devrions arrêter des centaines de personnes d'un seul coup. Juste derrière, descente chez les dealers de tout poil que nous avons un peu trop laissé courir, ces derniers temps.

Le chef expliqua alors toute l'opération, l'organisation dans le détail, depuis la Colombie jusqu'au dealer de quartier, la présence de Galliardi, les truchements financiers, etc., etc.

— Rien qu'en France, plus de mille hommes sont mobilisés sur l'opération Nathalie. Demain matin, nous sonnons l'hallali, chaque SRPJ, chaque GIR sait ce qu'il doit faire, et il en va de même pour chacun d'entre vous. Ceux qui n'interviennent pas sur le terrain restent ici pour le suivi de l'organisation générale, ensuite, nous aurons beaucoup de boulot pour tout décrypter… Encore bravo à tous et en particulier à Jo, Phil et à Nathalie. Notre mascotte nous aura porté chance, et chacun à sa place… le jour de gloire est arrivé !

Tout le monde applaudit une nouvelle fois Jo, Phil et Nat.

Nat fut la première à sortir, à nouveau presque en pleurs, après avoir rapidement récupéré durant la réunion, et vint se réfugier dans le bureau de Jo et de Phil dont elle ferma la porte. Beaucoup de collègues vinrent spontanément entourer Jo et Phil pour les questionner et échanger avec eux.

Ils furent les derniers à quitter la salle et revinrent à leur bureau où ils retrouvèrent Nat, toujours aussi peu loquace.

— C'est super, non ?

— Oui, se contenta-t-elle de répondre, regard tendu, visage angoissé.

— Tu n'es pas contente ?

— Si…

— Mais que se passe-t-il ? Je ne t'ai jamais vue ainsi, lui confia Phil, inquiet.

— Rien, ça va… Je vais rentrer…

— Tu ne te sens pas bien ? ne put-il s'empêcher de lui redemander.

— Si, si…

— Tu peux me parler, tu sais. Tu voulais me dire quelque chose tout à l'heure… lui demanda Phil.

— Non, c'était sans importance. Jo, tu n'aurais pas de la doc à me refiler ?

Il la regarda tout en commençant à ouvrir son tiroir, inquiet. Puis il plongea la main pour ressortir des dossiers…

— Si, bien sûr, je peux te donner un dossier sur l'aspect médical, le recueil du Ministère de la Santé : « Le drogué est d'abord un malade ».

— Très bien…

— Tiens, j'ai aussi tout ce qui touche au SIDA… La transmission chez les drogués, les seringues… Et il y a aussi le cas de l'Allemagne dont je te parlais l'autre jour, l'expérience d'une place à Zurich… Tu verras, ce sujet fait plutôt peur, c'est l'explosion de la toxicomanie. Là-bas, ils distribuent jusqu'à douze mille seringues par jour !

— Mais c'est complètement fou ! On dirait qu'ils font tout pour donner du boulot aux dealers, aux empoisonneurs ! Alors qu'au contraire, il faudrait les fusiller ou leur faire une piqûre, le coup de la seringue !

— Ce n'est pas si simple ! Il faut appliquer la loi, la justice…

— Et ils l'appliquent eux, quand ils tuent des mômes ?

— Non, je sais… Une dernière chose, une doc sur l'Europol, basée à Neuhoff, près de Strasbourg. C'est le premier centre communautaire contre le trafic international de narcotique et tu vois, grâce à toi, il a été utilisé complètement dans une action concertée ! Il faut dire que, jusqu'à présent, certains pays étaient plus laxistes comme la Hollande et l'Espagne, mais ils y viennent tout doucement. Sans doute aussi parce que l'héroïne, qui était le produit le plus dangereux, est en chute, ce qui se traduit par une diminution des overdoses mortelles, en revanche, on constate une poussée incroyable de la cocaïne et des drogues synthétiques, et il faut bien dire que le cannabis reste très demandé. Chaque pays a donc bien compris qu'il fallait travailler ensemble, comme ici, et grâce à toi, comme je te le disais.

— Non, grâce à vous deux !

— Disons à nous, alors ! Si tu le veux bien.

— OK… Merci pour tout, je vais m'occuper de ça.

— Et ton bouquin, il avance ?

— Pas beaucoup en ce moment… répondit Nat, toujours sans le moindre enthousiasme.

— Tu y parleras d'une plage au clair de lune… d'un restaurant face à la mer… d'un dancing… d'un hôtel… d'un joli port en Bretagne ?

— Tu verras bien.

— Tu as le titre ?

Nat était au bord des larmes.

— Non, pas encore… Ce n'est pas important pour l'instant… J'ai plus important à faire…

— Ah ? Je t'en prie, parle-nous, dis-nous quelque chose, nous sommes sûrs que nous pouvons t'aider.

Elle se contenta de hausser les épaules.

— J'ai une dernière affaire à régler…

Elle ramassa tout et s'en alla. Jo aurait voulu la retenir, mais il se contenta de rester là, les bras ballants, déçu, triste, terriblement perturbé par le comportement de Nathalie et Phil restait dubitatif. Jo sentait bien qu'il approchait d'une issue, d'une révélation, d'une explication, mais celle-ci fut une nouvelle fois reportée… Ils s'installèrent à leur bureau, il était près de onze heures, et se mirent d'arrache-pied au travail. Les feuilles de comptes-rendus s'accumulaient près de lui.

À treize heures, un casse-croûte dans une main, ils s'efforçaient de noircir du papier avec l'autre. Ils s'arrêtaient par moments, et chaque pause correspondait à une petite discussion à propos de Nat. Puis ils continuaient les procès-verbaux sur ordinateur et Jo revoyait le moment heureux vécu avec elle. Leur soirée en amoureux de Concarneau revenait sans cesse.

À seize heures, ils avaient déjà bien avancé, mais Nat revenait sans arrêt dans leurs pensées. Jo revoyait l'arme, la photo, imaginait les dealers exécutés dans leur voiture… tout se succédait et finissait par l'obséder.

Phil quitta le bureau avec le dossier pour le remettre au patron et après, il rentrerait chez lui, il salua Jo en partant.

Un peu après dix-sept heures, n'y tenant plus, Jo décida de contacter l'indic qui avait pris la fuite, l'autre jour au restaurant. Il voulait en avoir le cœur net.

Jo saisit son téléphone et, à chaque appel, répéta la même chose :

— Avez-vous vu Fred ? Tant pis, merci… Bonsoir…

Après une dizaine de contacts infructueux, il s'entendit répondre :

— Oui, il vient d'arriver, il y a quelques instants… Jo sursauta et se redressa sur son siège.

— Pouvez-vous me le passer ?

— Silence…

— Allô, Fred ? C'est Jo, ça va ? Hum, hum… Mais qu'est-ce qui t'a pris l'autre jour ? T'es fou ou quoi ? Hum… Mais non… Rien à voir… Impossible… Mais je te dis que c'est une collègue !… Comme elle… Bon et après ? Non, mais c'est possible qu'elle lui ressemble… Oui… Donne-moi les coordonnées… Une voiture noire, ne bouge pas, je note le numéro… O.K.… Merci… Mais non, ne t'inquiète pas… Tu restes là ? Bon, je te tiens au courant tout à l'heure, si possible… Merci encore… À plus…

Jo était troublé. Selon Fred, Nat était la copie conforme de la suspecte. De plus, sa voiture était noire… Comme celle de Nat… Cela commençait à faire beaucoup de coïncidences. Ne connaissant pas le numéro d'immatriculation de la voiture de Nat, il décida d'appeler un collègue du service concerné.

— Bernard ? Tu peux me dire à qui appartient une bagnole ? D'accord, je te file le numéro… Tu me rappelles ? Merci… Oui… À tout de suite.

Il recula son siège pour réfléchir, mais il en était totalement incapable. Son esprit vagabondait et il fut surpris quand le téléphone sonna.

— Jo Reuilly, j'écoute… Oui !… Vas-y, je note… Madame Segry Nathalie.

Son tonus tomba brutalement. Il changea de voix.

— Parfait, j'ai noté… Merci beaucoup, t'es vraiment sympa… À bientôt, ciao !

Le choc fut violent, il n'avait cessé d'y penser mais ne pouvait le croire. Cette fois, plus de doute. Il frappa du poing sur le bureau en répétant sans cesse :

— Merde, merde, merde et trois fois merde ! Mais qu'est-ce que c'est que ce bordel ! Pas Nat ! Bon sang !

Il devenait fou. Dorénavant, Jo se trouvait face aux affres du déchirement, tiraillé entre son devoir de policier et les élans amoureux de son cœur.

Il posa sa tête entre ses deux mains, les coudes sur le bureau, il devait réfléchir et voir ce qu'il pouvait faire ou, plutôt, ce qu'il devait faire…

« Voyons… rappeler l'indic et stopper toute info de ce côté, d'abord protéger Nat… Après, aller la voir, essayer de comprendre et définir la conduite à adopter… Peut-être a-t-elle des éléments qui la disculpent, des raisons particulières, des explications tangibles… »

Il voulait tellement croire ou espérer une issue heureuse pour Nat, même s'il redoutait le pire !

— Pouvez-vous me repasser Fred ? Merci… Allô, Fred ? C'est Jo à nouveau… Bon, j'ai regardé pour la bagnole au fichier… Pas de bol, c'est une voiture volée… Eh oui, fichu, c'était trop facile… Non, non… C'est souvent comme ça, tu sais… Il reste le signalement… Tu as bien vu la personne ? Oui, comme ma collègue, enfin, je pense que tu veux dire ressemblant… Non, je sais… La nuit… Ce n'est pas facile… Tu trouves malgré tout qu'elle ressemble à ma collègue… Oui… Je comprends… On croit voir d'une certaine manière et même parfois, on finit pas s'en persuader… Non, c'est normal… Non, non, pas de problème, en tous les cas, tu as très bien fait de m'appeler… Si, si, je t'assure, c'est très bien… Tu en as parlé à quelqu'un d'autre parmi mes collègues? Non… T'as bien fait, de toute façon, la première chose à faire était de vérifier pour la voiture… Non, contre une voiture volée, on ne peut pas faire grand-chose… Tu as eu un excellent réflexe, c'est rare d'avoir des renseignements aussi précis, si, si, je t'assure! Bravo et surtout merci beaucoup, ça aurait pu payer… Ce ne sera pas cette fois-ci, je classe l'affaire, mais tu as fait du bon boulot, si tu as une prune ou une merde un jour, n'hésite pas, tu me la files, j'te la ferai sauter ou j'te donnerai un coup de main… Non, non, je t'assure que t'as bien fait… D'ailleurs, à la prochaine occasion, on se cassera une petite croûte! Hey, dis, cette fois-là, ne te barre pas en courant! Bonne soirée, ciao!

Il raccrocha, soulagé. Une première étape franchie, c'était du moins deux… Il lui revenait à l'esprit des expressions de Nat, au tout début de leur rencontre houleuse: « Mes collègues t'ont dit quelque chose de particulier sur moi au journal? ».

Il revoyait son visage à ce moment précis, il se souvenait qu'elle lui avait paru inquiète, puis soulagée de la réponse… D'autre part, elle avait tenté de lui confier quelque chose à plusieurs reprises, pourquoi ne pas s'être arrêté pour l'écouter à ce moment-là? Bon Dieu, savoir s'arrêter pour écouter, c'est si simple, et combien compliqué à la fois.

Puis il se rappelait parfaitement des deux premiers dealers qu'ils lui avaient montrés de loin… Mais le troisième n'avait pas de rapport, alors, Nat agissait-elle avec un complice, il ne pouvait accepter l'idée qu'elle puisse avoir procédé à une exécution quelconque toute seule… C'était impossible, trop risqué et une femme comme elle, non, ce n'était pas possible… Et le chef n'avait-il pas dit que les dealers semblaient avoir été mis en confiance, sans doute en reconnaissant la personne, puisqu'ils semblaient avoir ouvert la vitre de leur voiture ? Tout était bien ténébreux, et Jo s'accrochait encore à l'idée qu'une autre personne, du même profil que Nat, ait pu mener les actions de nettoyage. Encore fallait-il avoir du cran, une force de caractère terrible, une raison personnelle hors du commun…

À nouveau, il se laissa submerger par le souvenir de leur soirée. Elle était si belle, si gaie, si douce, presque fragile… Jo nageait en pleine antinomie.

Aux alentours de dix-neuf heures, il décida d'appeler Nat pour la rencontrer, rapidement, sous prétexte de lui apporter un dossier. Il lui fallait tirer tout cela au clair.

Le téléphone sonna mais personne ne décrocha. Il tenta ainsi de quart d'heure en quart d'heure. Toujours sans succès. Il était fou de rage, poussant sans arrêt des jurons à voix haute.

— Merde, merde et merde ! Mais qu'est-ce qu'elle fiche, bon Dieu !

À vingt et une heures, il ne tenait plus en place, imaginant tout et n'importe quoi. Il décida brutalement de ramasser ses affaires, de se rendre chez elle et de l'attendre sur son palier, toute la nuit, s'il le fallait !

Phil était bien tranquillement chez lui à cette heure-là, très loin d'imaginer les préoccupations de Jo.

*

Il rencontra peu de circulation sur la route et, moins d'une demi-heure après, il sonnait près de la porte vitrée à l'interphone. Pas de réponse. Personne n'entra ni ne sortit. Il décida de sonner au hasard. Une dame répondit sèchement de voir avec le gardien de la résidence ou avec son épouse, pour cela il suffisait de sonner au nom qu'elle lui donnait et elle raccrocha brutalement.

Il sonna désespérément chez le gardien, priant le bon Dieu qu'il soit là. Une dame lui répondit et vint ensuite à la porte vitrée. D'un certain âge, elle arriva doucement, en traînant ses charentaises…

— Qu'est-ce que c'est ?

— Je dois joindre madame Segry à tout prix, savez-vous si elle est chez elle ?

— Vous n'avez pas sonné chez elle ?

— Si, mais elle ne répond pas, sinon, je ne vous aurais pas dérangée. C'est très important, vous comprenez ?

La dame approuva de la tête, fit mine de réfléchir et se contenta de hausser les épaules sans répondre. Jo s'impatientait et commençait même à s'énerver un peu :

— Alors ?

— Écoutez, à tout hasard, je vais demander à une de ses voisines qui est une très bonne copine à elle, on ne sait jamais, attendez…

Jo trépignait sur place. La dame était partie vers un interphone. Il l'entendit :

— Allô ? Oui, c'est moi… Excusez le dérangement, j'ai un monsieur en bas qui demande après madame Segry, vous ne savez pas où elle est ? Oui… Non, non, pas au téléphone, il est là, en bas… Non,

non… (La concierge se retourna et regarda ensuite Jo de haut en bas)… Oui… C'est à peu près ça… Hum, hum… Bon, je lui demande…

Elle écarta le combiné pour appeler Jo :

— Monsieur, monsieur… Vous vous appelez Jo ?

— Oui, pourquoi ?

— Oui, c'est bien lui (la concierge avait repris le combiné pour répondre à son interlocutrice)… Je lui dis de monter ? Non !… À l'appareil ? D'accord, je lui dis… Monsieur, pouvez-vous venir ?

— Qui est-ce ? Comment sait-elle ?

— Il arrive, je vous le passe, dit la concierge.

Puis s'adressant à Jo :

— Tenez !

— Allô ?

— Vous êtes Jo de la police ?

— Oui, c'est ça… Elle vous a parlé de moi ?

— Oui, oui, souvent… Très souvent même, ces derniers temps… Et ce soir, très longuement.

— Ce soir ? Mais alors, où est-elle ?

— Elle est partie, il y a bien plus de deux heures !

— Où, pour quoi faire ?

— Elle a d'abord mangé chez moi, quand je dis « mangé », c'est beaucoup dire… Puis elle a décidé de partir en Bretagne… À Concarneau, je crois…

— Mais pourquoi ?

— Une affaire à régler, m'a-t-elle affirmé… Je lui ai dit que ce n'était pas prudent de rouler toute la nuit dans son état de fatigue et d'angoisse… Mais elle n'en a fait qu'à sa tête… Elle était visiblement très bouleversée, je ne l'ai jamais vue dans cet état depuis…

— C'est de la folie.

— Mais c'est ce que je lui ai dit... Elle était très nerveuse... Hypertendue...

— Elle ne vous a rien dit d'autre ?

— Si... Elle m'a dit qu'elle vous aimait, comme elle n'avait jamais pensé qu'elle puisse le faire, mais que rien ne serait possible entre vous.

— Elle vous a dit ça ? Vous a-t-elle dit pourquoi ?

— Oui et non... En tous les cas, je n'ai pas bien compris... Apparemment, elle a fait des choses que vous ne lui pardonnerez jamais... Elle ne m'a pas dit quoi... Elle était terriblement triste quand elle est partie... Depuis, j'en suis toute retournée... Elle m'a fait de la peine... Elle est si gentille... Et elle a tant souffert... Surtout quand elle a perdu tragiquement sa fille (la dame se mit à pleurer)... Excusez-moi... C'est trop pour moi... Au revoir, Monsieur...

Elle raccrocha, laissant Jo sans voix, avec son combiné dans la main. Seule la tonalité vint perturber le silence qui suivit.

— Perdu sa fille ?

Jo se répétait ces mots, hébété.

— Il y a un problème grave, Monsieur ?

— Sa fille... tragiquement ? continua Jo, pour lui-même.

— Quelque chose ne va pas avec madame Segry ?

— Heu... non, non... Connaissiez-vous sa fille ?

— Oh, ça oui, mon pauv'monsieur. Une belle et gentille fille... Accident de drogue, elle qui ne se droguait pas et ne fumait même pas. On n'a rien compris, et pour la pauv'madame Segry, ça a été affreux...

Jo venait de se prendre la véritable raison de toute cette tragédie dans la figure, froidement, avec une concierge d'immeuble, là sur le trottoir. Le choc n'en était que plus brutal.

Il se dirigea pensif vers son véhicule, se déplaçant comme un automate. À la hauteur de sa voiture, il posa ses deux mains sur le toit ; baissant la tête entre ses bras, il resta ainsi quelques secondes à accuser le coup. La gardienne regardait et se contenta de hausser les épaules. « Ah, les affaires de cœur ! Ah, les femmes ! Elles les rendent tous pareils. »

Elle prit dans ses bras son gros matou qui arrivait entre ses pieds.

— Allez, mon gros Minou, toi au moins, t'es pas compliqué et t'es toujours là !

Jo monta dans sa voiture et démarra en trombe. Il regarda sa montre… Il venait cette fois de tout comprendre et craignait le pire.

Mais pourquoi son chef ne lui avait-il rien dit ?

Il n'y a pas d'amour de vivre, sans désespoir de vivre.

Albert Camus.

XI. DÉRAPAGE

Le 18 mai...

Il repassa rapidement à son bureau, laissant un mot sur celui de son patron et un autre pour Phil qui devait rejoindre le groupe de ceux qui restaient sur place, le lendemain matin. Il fit un saut à son studio et prit la route sans perdre de temps, direction la Bretagne et Concarneau en particulier.

Il roulait à vive allure. L'autoradio déversait de la musique rock puissante qui n'avait aucune influence sur lui. Son esprit était transformé en réseau Internet tellement images et séquences y défilaient sans arrêt. Il avait l'impression de zapper en permanence, tant les informations étaient embrouillées.

Il savait cependant qu'un moment crucial approchait. Une peur insidieuse l'envahit, puis une vague de tristesse le submergea. La route lui parut interminable malgré la présence virtuelle et inaccessible de Nat dans son esprit...

Il se remémora tout ce qu'il s'était passé depuis leur première rencontre. Mais il ne trouvait aucune réponse… Il ne pouvait prévenir personne de sa découverte. Son problème était embarrassant, comment devait-il se comporter ? Se trompait-il ? Il était parvenu à cette frontière où se posait le problème d'une détresse personnelle face à un monde absolu où amour et devoir sont incompatibles.

Il était prêt à tout lui pardonner, mais elle devait lui dire la vérité, la simple vérité, c'était tellement plus sain que la dissimulation. S'il la croyait, il pourrait vivre avec elle, penser à l'avenir. Une phrase de la Bible lui revint : *C'est par la vérité que tu seras libre.*

Avait-elle choisi un moyen de nier la vie, de nier et non pas de l'oublier. Il devait se méfier de la logique car la souffrance, quelle qu'elle soit, ne peut avoir de sens que lorsqu'elle ne mène pas à la mort, or, trop souvent…

Il pensait à cet amour qui devait les unir, ce sens commun de la vie qu'il avait cru déceler chez elle, ces prémices d'entente charnelle entre eux… Rien de tout cela n'existait à présent, face à cette fatalité qu'il sentait venir et emporter ce qui lui avait paru, l'espace d'une nuit, être le chemin vers un jardin de lumière. N'avait-elle pas évoqué le jardin d'Éden avec lui à Concarneau, face à la mer ?

Tous ces sentiments et ces impressions sous forme de flashs rapides le troublaient jusqu'à l'angoisse. Un dernier péage, puis la voie express s'ouvrit sur la route de la Bretagne…

Il roula en direction de Concarneau aussi vite qu'il pouvait, cherchant à se persuader qu'il allait donner raison à cette femme pour laquelle ses sentiments étaient déjà trop forts, car il savait, ou pressentait, qu'il ne pourrait rien lui opposer. Il devrait donc maîtriser les événements à venir, puis dénouer les liens de Nat, comme ceux d'un prisonnier...

Proximité Lorient, arrêt dans une grande station-service pour faire le plein d'essence, prendre un café et téléphoner à son patron et à Phil. À travers une lumière bleuâtre de matin de printemps, les paysages apparaissaient. Le profil du soleil semblait s'esquisser sur l'horizon rouge violacé.

— Allô, Patron ? C'est Jo !... Oui, merci, et vous ? Déjà au bureau ? Depuis plus de deux heures ! Vous avez trouvé mon mot ? Oui... C'est ça, une équipe de plus en renfort sur Concarneau... C'est fait ? Bon, très bien... Non, non, je me suis décidé au dernier moment, tard dans la soirée... Non, non, rien de précis... Je ne peux pas vous en parler pour l'instant... Non, vraiment... Mais je vous tiens au courant dans la journée... Oui, bien sûr !... Non, non, à tout à l'heure, il faut que je file, si je veux y être au moment opportun... O.K.... Dites-moi, vous saviez que Nathalie avait perdu une fille ? Et pourquoi ne m'avez-vous rien dit ? Pour un problème de drogue, en plus !... Je ne sais pas... En tous les cas, je crains le pire à présent... Oui... Non, je ne suis plus très loin, je vais tenter d'éviter l'irréparable, si ce n'est pas trop tard... Oui, à plus tard.

Il appela Phil pour le tenir informé de la situation également.

Le jour se levait complètement quand il reprit la route. Le soleil avait réussi sa percée. Un léger voile brumeux couvrait encore Quimperlé et le cours de la Laïta à son passage, mais plus pour très longtemps. Descente rapide pour franchir l'Aven et sortie de la voie express à Kérampaou, quelques kilomètres après. La route devenait à présent sinueuse sur les quelques kilomètres qui le séparaient encore de Concarneau.

Il tenta de trouver au plus vite une explication à fournir à ses collègues de la police. Aucune ne tenait debout ni le rassurait complètement. Après réflexion, il considéra qu'il ne lui restait qu'une solution, se taire tout simplement et aviser le moment venu. Il réalisa que, dans ce contexte très particulier, il avait une façon de voir ou de réfléchir terriblement étriquée.

En approchant de la première zone pavillonnaire de Kérose, il aperçut sur la gauche, au loin, la mer et l'archipel des Glénan, posé sur l'horizon.

Il franchit le grand pont du Moros qui enjambait à forte hauteur le batardeau de l'arrière-port. Déjà, les bâtiments de l'armement Guardi-Kergaloudec étaient visibles. Son cœur battait très fort. Il priait pour que l'irréparable ne soit pas déjà commis.

Il se gara à bonne distance du petit parking de l'armement. Trois voitures banalisées, occupées par trois policiers en civil, attendaient l'heure fatidique. Quelques minutes plus tard, de chaque voiture, deux hommes sortirent et se dirigèrent vers l'entrée du bâtiment et disparurent à l'intérieur. Jo pouvait constater que son message avait été transmis et suivi dans le détail. Il regarda à la ronde mais, pour le moment, nulle trace de Nat…

Se serait-il trompé ? Un complice allait-il agir ? L'avait-il déjà fait ? Les secondes qui s'écoulèrent alors furent des heures pour Jo.

Soudain, la voiture de Nat apparut, déboulant de derrière un camion frigorifique, et vint s'arrêter juste devant l'entrée des bureaux.

Jo, distant d'une centaine de mètres, se précipita. En courant, il passa devant les voitures de police dont les chauffeurs plaquaient les gyrophares sur le toit et s'apprêtaient à faire barrage. Jo montra rapidement sa carte de police et fonça sans s'arrêter.

Nat se tenait au début du couloir et attendait, les bras tendus, un Magnum 357 braqué en direction du bureau de Guardi.

À cet instant précis, la porte s'ouvrit et deux policiers sortirent du bureau, encadrant Guardi qui avait les menottes aux poignets.

— Guardi !... T'as fini de tuer les mômes avec ta merde !

Au cri de Nat, tout le monde se figea, très surpris. Apparut alors la tête de madame Kergaloudec, juste au-dessus de l'épaule droite de son époux. Une fraction de seconde, les regards des deux femmes se croisèrent... Nat se mit à trembler, décontenancée par la présence de madame Kergaloudec. Mais sa détermination était telle qu'elle se crispa à nouveau et le coup partit, venant fracasser l'épaule gauche de Guardi qui fut projeté contre son épouse, puis un autre coup l'atteignit, toujours sur la partie gauche, dans la région du cœur. Les deux policiers se baissèrent et dégainèrent simultanément.

Nat appuya une troisième fois sur la détente de son arme, sans réellement viser cette fois, car la balle alla fracasser la vitre du cadre situé au-dessus de la porte.

— Non, Nat !... Non !... cria Jo au même instant. Mais les policiers, se sentant menacés, avaient tiré à leur tour, blessant Nat qui tomba à la renverse.

Tout se figea, quelques secondes, dans un silence effroyable.

Les cris de madame Kergaloudec vinrent resituer le cours du temps. Jo brandit sa carte de police et vint s'agenouiller auprès de Nat pour lui soulever la tête. Son cœur battait encore, mais elle respirait faiblement. Puis, elle perdit connaissance…

Quatre policiers sortirent du bureau de Guardi et deux autres, restés à l'extérieur, accoururent. Ils s'organisèrent très rapidement, appelant l'hôpital et rendant compte au commissariat.

Madame Kergaloudec était effondrée et sanglotait, à genoux par terre, près de son mari. Il était dans un état semi-conscient et le sang avait déjà largement entaché sa chemise et sa veste.

Tout s'était passé si vite… Il suffit de quelques secondes pour que le monde qui vous entoure bascule et ne soit plus le même.

Levant la tête, madame Kergaloudec reconnut Jo.

— Vous ? Pourquoi ? Pourquoi ?

Puis, s'adressant à un policier :

— Elle a voulu tuer mon mari… Mais pourquoi a-t-elle fait ça ?

*

Deux ambulances du SMUR arrivèrent, toutes sirènes hurlantes. Nat cessa de vivre peu de temps après l'arrivée du médecin. Quant à Guardi, sa blessure était grave, très grave, impossible de se prononcer dans l'immédiat pour savoir s'il allait s'en sortir.

Le corps de Nat fut rapidement enlevé devant Jo, hébété, pendant que Guardi recevait les premiers soins. Un peu plus tard, une escorte policière de motards encadrait les deux ambulances sur la route de l'hôpital, madame Kergaloudec ayant pris place dans le véhicule qui transportait son mari.

Plusieurs voitures de la gendarmerie locale et les techniciens en identification criminelle arrivèrent au même moment. Répartition des rôles entre les hommes. Certains saisirent le matériel informatique du bureau de Guardi, tous les documents qu'ils jugèrent utiles d'emporter, ainsi que son attaché-case. Deux autres demandèrent à Jo de les suivre afin d'établir un rapport.

Dehors, le soleil brillait très fort et Jo, aveuglé, dut protéger ses yeux embués de larmes.

Il remarqua alors un attroupement devant l'immeuble, des bribes de conversation lui parvinrent pendant qu'il se rendait à sa voiture. « C'est sûrement grave ce qui est arrivé... Cette gentille madame Kergaloudec, comme elle avait l'air bouleversée... Mais qu'est-ce qui a bien pu se passer ? »

Les mains de Jo tremblaient lorsqu'il prit le volant, il lui était impossible de les maîtriser. Il s'efforça de se concentrer sur ce qu'il faisait, comme il put, pour suivre les autres voitures de police.

*

Arrivé dans leur bureau, Jo appela son chef pour lui annoncer ce qui venait de se passer. L'émotion fut grande de part et d'autre. Chacun prit intérieurement la pleine mesure de son erreur. Les échanges restèrent brefs.

Jo ne put retenir quelques larmes avant de fournir une somme d'informations précises pour la rédaction des comptes-rendus.

Les formalités administratives durèrent une grande partie de la journée, entrecoupée d'une pause-déjeuner réparatrice pour Jo, même si l'appétit n'était pas au rendez-vous.

*

Avant de repartir pour Paris, Jo décida de se rendre à l'hôpital avec la ferme intention de voir Nat une dernière fois.

Devant l'entrée du centre hospitalier, après avoir fait quelques pas en direction de l'accueil, il renonça, fit demi-tour et repartit. Il apprit sur la route, en quittant le quartier de l'hôpital, par un collègue de Concarneau que le pronostic vital était engagé pour monsieur Guardi…

Il préféra finalement revenir en ville, passer devant l'hôtel de leur séjour, emprunter la corniche, s'arrêter devant la plage des Sables Blancs, le restaurant… Images plus douces à son cœur meurtri et blessé. Le temps s'était couvert et l'horizon devenait brumeux. Ce paysage voilé convenait bien à ses états d'âme.

Il marcha sur la plage presque déserte, comme il l'avait fait lors de cette merveilleuse soirée. Il ressentait comme un désir violent de courir, comme le vent le long de cette côte bretonne, pour retrouver la paix dont il avait tant besoin.

Mais, en même temps, il était ailleurs, si loin de ce désastre, les yeux perdus vers l'océan, avec un profond et douloureux vide dans le cœur. L'être sur lequel reposait tout son amour n'était plus. Cette perte lui était si cruelle.

Même si son esprit restait tourmenté par des questions sans réponse, les faits, connus et inconnus, ne changeraient rien à ses sentiments les plus intimes envers cet être cher.

Nat ne serait pas l'âme-sœur, ni une force spirituelle, comme il l'avait espéré. Elle ne ferait pas cette union sacrée, son souffle n'épouserait pas le rythme du sien. Leurs deux chemins venaient de se séparer pour l'éternité.

Curieusement, cette issue venait d'anéantir le dilemme auquel il redoutait tant de devoir faire face, amour ou devoir. D'une certaine manière, il se sentait paisible dans sa solitude.

Les pires drames n'autorisent jamais
à faire sa justice soi-même.

XII. ÉPILOGUE

Le chemin du retour fut terriblement long et pénible pour Jo. Il était écrasé par une fatigue intense provoquée par cette fin brutale. Des dizaines de questions affluaient sans cesse dans son esprit.

Après une nuit agitée, il se rendit de bon matin à son bureau afin de rencontrer son chef et d'avoir des informations supplémentaires sur Nat.

Phil était absent et lorsque l'opération « Nathalie » serait terminée, il devrait connaître son affectation définitive dans un commissariat de province comme il l'avait demandé…

Jo appréhendait la rencontre avec son supérieur, car il lui en voulait terriblement. En même temps, il était impatient d'en savoir un peu plus.

L'entretien débuta par le compte-rendu qu'il dut faire sur ce qui s'était passé à Concarneau. Ensuite, son patron dressa un bilan complet de toute l'affaire. En cours de matinée, les procès-verbaux en provenance de Bretagne tombèrent sur le fax, après avoir été transmis par courriel, annonçant aussi le décès de monsieur Guardi qui n'avait pas repris connaissance depuis son arrivée à l'hôpital et son transfert par hélicoptère sur le CHU de Rennes-Pontchaillou.

Concernant Nat, ceci ne permit pas à Jo d'en savoir plus à l'heure du déjeuner.

Le chef lui proposa de se rendre à un restaurant.

À table, calmement, il entreprit de raconter ce qu'il savait à Jo. Il commença par expliquer qu'il était très lié à la famille de Nat et qu'il connaissait dans le détail ce qu'avait vécu Nat, ces dernières années.

— Nat a d'abord perdu sa mère, puis son père qu'elle adorait et qui l'adorait. Nat avait toujours été pour ce dernier « sa petite Nathalie », aussi avait-elle mal supporté de perdre cet être cher. Nat réussit à surmonter sa peine grâce à son mari et à sa fille, parce qu'elle avait une fille, adorable et très belle. Nat avait beau être forte, quand tout va mal, tout va mal… En se rendant aux sports d'hiver, dans un bonheur presque retrouvé, leur voiture fut victime d'un terrible accident. Carambolage sur l'autoroute, par temps de brouillard. Dans le choc, son époux fut tué sur le coup. Elle et sa fille s'en sortirent avec de multiples contusions, mais sans gravité. Il ne lui restait plus que sa fille. Une fille, cette fois, terriblement perturbée, à quelques mois du bac. Malgré tous ses problèmes, elle obtint son diplôme avec mention. Mais cette superbe fille, forte intellectuellement, était devenue faible psychologiquement. Elle n'acceptait pas ce qui s'était passé, et son père lui manquait terriblement, de même que son grand-père… Qui ne peut pas comprendre un tel désarroi ?

La jeune fille déprimait en permanence, elle ne supportait plus Paris, le monde, le bruit, l'air vicié, le climat, bref, tout… Car si son grand-père avait laissé un grand vide, son père laissait un gouffre, malgré toute l'affection que lui portait sa mère et tout ce que cette dernière faisait pour elle… mais qui restait insuffisant. Elle avait une amie, sa meilleure amie d'enfance, avec laquelle elle avait suivi une même scolarité et entendait poursuivre des études supérieures. Elles voulaient toutes deux aller vers le Sud, vers le soleil. La ville de Montpellier fut retenue, ville universitaire avec un air de nonchalance heureuse. Malgré toute la peine éprouvée par Nat de se retrouver seule, elle accepta immédiatement. Dans ce nouveau projet, la fille de Nat semblait retrouver un espoir, un nouveau but dans la vie. Elle avait l'air tellement contente que Nat en fut soulagée. Les cours ne commençaient qu'en octobre, Nat réussit grâce à des amis journalistes à trouver un appartement pour elles deux, libre le premier septembre. Elles décidèrent d'y aller, dès cette date afin de s'habituer à Montpellier. Elle n'y a pas vécu un mois… Elle a été découverte morte dans les toilettes d'un bar. Overdose… Une drogue sale et tueuse, une dizaine de morts en quelques jours dans la région, vous vous souvenez… L'affaire de Montpellier…

Jo, abasourdi, se reprit :

— Elle se droguait ?

— Mais non, pas du tout, jamais. Elle ne fumait même pas, jamais une goutte d'alcool, rien, saine, sportive. D'après sa copine, elle a été en proie à un terrible coup de cafard et de déprime. Elle est partie seule en ville dans la nuit. A-t-elle fait une mauvaise rencontre ? Sans doute… A-t-elle voulu se suicider ou simplement oublier sa déprime ? Nul ne le saura jamais. Une chose est certaine, sans cette pourriture de drogue, elle serait encore en vie. On ne meurt pas de cafard. Cette fois, Nat s'est retrouvée seule, vraiment seule, avec ce doute qui la tenaillait pour sa fille, personne autour d'elle, plus de famille, juste sa voisine d'appartement, je crois, à qui elle se confiait. Elle en voulait à la terre entière. Il y a quelques mois, elle est venue me trouver, calme, détendue, elle faisait plaisir à voir. C'est là qu'elle m'a expliqué qu'elle voulait faire quelque chose sur la drogue, pour informer, aider la population. Peut-être un peu aussi pour exorciser, ai-je pensé sur le moment…

— Et alors ?

— Je l'ai crue ; en vérité, avec sa très grande force de caractère, elle manigançait un plan diabolique, soif de vengeance peut-être… Par contre, pas un seul instant je n'ai imaginé qu'elle aurait pu faire ce qu'elle a fait, jusqu'à se laisser "suicider" pour en finir…

— Oui, c'était difficile de le croire, avant…

— Voilà ce que je sais de son histoire. À présent, il faudra examiner ce qui s'est réellement passé depuis sa rencontre avec vous.

— Oui… Qui va s'occuper d'elle et de tout… Elle a de la famille ?

— Peu, son mari était fils unique, parents décédés. Il lui restait des cousins ou cousines qui ont été avertis, mon épouse s'occupe de tout.

— Je peux vous demander une faveur ?

— Tout dépend laquelle ?

— Pourrais-je avoir les clefs de son appartement ?

— Pour quoi faire ?

— J'aimerais récupérer toutes ses notes, tout ce qu'elle a écrit et enregistré sur son ordinateur, peut-être y trouverai-je des explications complémentaires ? Peut-être y a-t-il aussi certaines informations qu'il serait préférable de ne pas faire connaître…

— Hum, hum…

Le chef resta silencieux quelques instants.

— Il y a problème ? demanda Jo.

— Non, non, je réfléchissais simplement… Dès votre appel téléphonique expliquant ce qui s'était passé à Concarneau, je me suis rendu à son appartement, j'ai tout sauvegardé en double, sur clef USB. J'ai effacé du disque dur, tout ce qui nous concernait et j'ai récupéré les clefs USB, toutes ses notes et votre documentation. Je pensais qu'il était effectivement inutile que la presse s'en empare… D'autre part, pour l'enquête, la partie Concarneau suffit…

— Et… je peux les consulter ?

Silence gêné du patron…

— Vous avez entendu ma question ? demanda Jo.

— J'ai entendu… Je m'attendais à votre demande. Tout est dans un porte-documents sur mon bureau. Je vais vous le remettre. Je vous propose aussi de prendre quelques jours de repos. Il n'apporterait rien à personne d'évoquer ce que vous savez, par respect pour elle et pour notre paix à tous…

— Oui, bien sûr… Merci…

— Jo, vous savez… Elle vous aimait.

Silence de Jo cette fois…

— Elle vous aimait réellement… Je le sais.

*

Une heure après, Jo introduisait une clef USB dans son ordinateur. Il eut la surprise de découvrir pendant plus de cent cinquante pages, jour après jour, tout ce qu'ils avaient vécu ensemble. Il resta stupéfait de la précision des détails. Il apprit comment elle s'y était prise pour les deux premiers meurtres ; en mettant ses victimes en confiance, faisant apparaître dans une main de femme des billets de cent euros pour rassurer le dealer. Il élucida aussi l'énigme du troisième meurtre. Tout devint parfaitement limpide.

L'histoire prenait fin au retour de Concarneau. Ce dernier chapitre évoquait son immense bonheur d'avoir découvert à nouveau l'amour, mais un amour impossible, au vu de ses fautes qu'elle était d'ailleurs prête à assumer et de l'engagement qu'elle avait pris d'agir pour faire payer quelqu'un lourdement engagé dans la commercialisation de la drogue…

Bien qu'il fût très tard, Jo ne put s'empêcher de parcourir toutes les notes prises par Nat. Sur une feuille qui pouvait être la future page de garde de son ouvrage, apparaissait un premier titre *Opération Nathalie*. Puis ce titre avait été rayé et remplacé par *La Neige venait de l'Ouest.*

Il put aussi lire sur des notes griffonnées :

« *Je me sens envahie de sentiments complexes, peur, émotions, interrogations, incertitude, tristesse, au point de ne plus savoir que faire, que penser.*

Face à cette incertitude totale, je sais que je conserve toute ma force et ma détermination, la tête pleine d'incrédulité…

Suis-je devenue mécréante ? Meurtrière ? Que sais-je encore ?

Me voilà face à moi-même, confinée dans cette situation absurde, mon Dieu, que m'arrive-t-il? Dois-je prier Dieu pour qu'il m'accorde l'aide dont je vais avoir terriblement besoin? La prière m'apportait la sérénité autrefois… Mais les règles et les lois de notre société vont me perdre, me blesser…

Jamais remise de mes récentes blessures, je m'étais promise de ne plus laisser parler mon cœur. Le destin en a décidé autrement, il m'aura donné la chance d'aimer deux fois dans ma vie…

Jo… Dans mes rêves les plus fous, nous nous tenons la main, sur le chemin d'une vie idéale, mais nos mains glissent et je ne peux retenir la tienne… Et nous sommes séparés, définitivement séparés… Rêve ou cauchemar prémonitoire?

Des dizaines de fois, j'ai voulu te le dire, mais à chaque fois, à l'ultime seconde, je considérais que ce n'était pas le moment, qu'il valait mieux attendre… Attendre encore un peu, repousser, et m'enfoncer un peu plus à la fois. Quelle erreur…

Bien que ne sachant plus très bien où j'en suis, je vais organiser mes idées, rédiger des solutions pour m'y retrouver, en y mettant de l'ordre: j'ouvrirai trois chapitres avec mes idées d'aujourd'hui, mais demain, j'y rajouterai autre chose ou je rayerai, ce sera selon les cas…

Premier chapitre. Ma situation actuelle.

Jo, tu le sais sans doute à présent ou tu ne vas pas tarder à le savoir, je suis une meurtrière… Meurtrière pour l'amour de ma fille.

Après avoir découvert mes sentiments pour toi, j'ai aujourd'hui si peur de te perdre, peur d'être avec toi, peur de tout ce qui va arriver, tout me paraît tellement impossible que j'en deviens folle. Je crois que nous ne pourrons jamais être ensemble, même si nous le désirons ardemment… Je ne veux pas avoir l'air d'abandonner, mais je suis fichue…

Deuxième chapitre. Situation qui aurait pu être.

Je pourrais t'aimer, tu pourrais m'aimer, nous pourrions nous aimer vraiment, encore et encore, tu te souviens de Cabrel ? C'est que le début, d'accord, d'accord !

Et si tu le voulais, si tu me le demandais, je te ferais un enfant… Mais je veux arrêter là cette liste vers un idéal admirable, elle me fait tellement mal, elle me fait trop mal… Cette situation me torture.

Troisième chapitre. Situation qui risque d'être.

Te perdre, payer pour ce que j'ai fait, payer pour t'avoir trompé, toi et tous les autres qui m'ont fait confiance. Payer pour ma soif de vengeance… Abîmer cette vie déjà plusieurs fois brisée en si peu de temps. Aveuglée, je n'arrive plus à penser, je suis folle de cette mission que je me suis fixée.

Tout ne sera que désordre, transgression, scandale, je ne veux pas t'éclabousser. Nous étions deux astres sur orbite, le hasard de la vie, notre rencontre et cette fatalité en ont rompu la course, plus rien ne peut dorénavant s'inscrire dans l'espace-temps, ni dans n'importe quel espace, il ne reste plus d'espace ni d'avenir pour nous deux… ensemble…

Me pardonneras-tu ?

Alors perdue pour perdue, je vais aller jusqu'au bout, je préfère m'en aller, je suis prête à mourir, mais ne pas souffrir, ne plus souffrir… »

*

Il trouva symbolique que Nat ait pu commencer son aventure ou sa mission vengeresse par une évocation de Dieu et que ces quelques feuillets manuscrits puissent se terminer de la même façon. Dieu tenait quelle place dans sa vie ? Croyait-elle encore en lui, au moment où elle laissait agir son bras vengeur ?

Mais les mots comme « aimer deux fois dans ma vie » ainsi que le chapitre sur la situation qui aurait pu être allaient droit au cœur de Jo. Ces mots revêtaient une telle intensité qu'il ne put retenir ses larmes. Il s'allongea quelques instants sur son lit pour pleurer abondamment.

Il pensait encore au douloureux dilemme de ces dernières semaines. Une seule chose le consolait, Nat n'irait pas en prison, elle n'aurait pas à s'expliquer sur ce qu'elle avait fait, il n'y avait rien à dire, elle avait déjà payé cher, très cher, pour tout…

Le sommeil vint doucement cueillir Jo dans ses ailes. Il était avec Nat quelque part sur une pointe aride et désolée de Bretagne. L'herbe rase, parsemée de romarin sauvage et de bruyère, était comme une moquette épaisse sous leurs pas. Un léger vent et le bruit des vagues créaient un environnement doux à leur cœur. Tout était comme un air de musique, une bouffée d'harmonie… Quelque chose d'indéfinissable, d'une douceur étrange, que le soleil caressait.

Ils s'efforçaient de chasser l'inquiétude qui les avait assaillis tous les deux, pour se laisser emporter par un souffle de liberté. Ils n'avaient que cet espace pittoresque et une ivresse écrasante où ils sombraient, séparés du monde des vivants.

Soudain, tout semblait extraordinairement facile. Tous les sentiments s'y mêlaient et le plus troublant était l'expression d'une volupté ignorée d'eux-mêmes. Pourquoi deux êtres qui s'aiment peuvent-ils avoir envie de pleurer, de fermer les yeux et vérifier que tout ceci n'est pas un songe ?

La lumière était si forte sur la mer argentée que Nat éprouvait une certaine difficulté à garder ses yeux ouverts.

Ils étaient tous les deux, seuls dans ce monde virtuel. Jo portait Nat à bout de bras, le soleil brillait, la mer était terriblement belle. Le bonheur les attendait, à perte de vue, jusqu'à l'horizon et plus loin encore, car chacun sait que l'horizon n'existe pas…

*

Phil, dans les semaines qui suivirent, reçut son affectation définitive. Contre toute attente, ce qu'il n'osait espérer, tout comme Gwen, se produisit : un poste venait de se libérer au commissariat de Quimper, il prendrait ses fonctions très prochainement.

Dans les mois qui suivirent, il épousa Gwen et ils s'installèrent dans cette ville.

Désormais, depuis quelques mois déjà, il faisait équipe en binôme avec le capitaine François Le Duigou à qui il n'évoqua jamais cette terrible affaire qui avait marqué le début de sa carrière d'OPJ…

Fin.

Il vaut toujours mieux prévenir, que guérir…

Mère, père, frère, sœur, ami,

L'un de vos proches peut être amené à se laisser tenter par la drogue.

N'attendez pas, n'hésitez pas, aidez-le, le plus tôt possible…

Comme chaque maladie… Prise à temps, les conséquences sont moins graves…

Inscrivez-vous gratuitement,
et sans aucun engagement de votre part,
à notre bulletin d'information
en nous retournant le coupon ci-contre.

Vous serez informé(e) des parutions en exclusivité,
pourrez bénéficier d'offres spéciales,
recevoir des cadeaux, etc.

Chaque nouvel inscrit recevra
une petite surprise…

Rejoignez-nous vite !

Et n'hésitez pas à proposer l'inscription
à vos parents et amis…

Je désire m'abonner gratuitement
au bulletin d'information des Éditions du Palémon :
je serai informé(e) des parutions
des enquêtes de Firmin Le Bourhis et autres ouvrages,
ainsi que de l'actualité et des offres Palémon.

Nom :..

Prénom :..

Adresse :...

....

....

Code Postal : ....Ville :...

Pour encore plus d'offres et d'infos,
indiquez votre adresse e-mail :

E-mail :...@.......................

Bon à compléter ou à recopier
et à retourner par courrier à l'adresse suivante :

ÉDITIONS DU PALÉMON
ZA de Troyalac'h
10 rue André Michelin
29170 SAINT-ÉVARZEC

Retrouvez tous les ouvrages des Éditions du Palémon sur :

www.palemon.fr

ÉDITIONS DU PALÉMON
ZA de Troyalac'h - 10 rue André Michelin
29170 SAINT-ÉVARZEC
02 98 94 62 44
Dépôt légal 4e trimestre 2013

ISBN : 978-2-91624-844-8

Couverture réalisée par PRIMSET,
Quimper 02 98 52 78 78

Achevé d'imprimer
par la Nouvelle Imprimerie Laballery (58500)
1er tirage
Imprimé en France